DADDY PASST AUF DICH AUF

PEPPER NORTH

Fotografie von TONYA CLARK PHOTOGRAPHY

Cover Modell TRAVIS NORWOOD

Redaktion CHERYLS LITERARY CORNER

Pepper North
With a Wink Publishing, LLC

ANMERKUNGEN DER AUTORIN:

Die folgende Geschichte ist gänzlich fiktiv. Die Charaktere sind ausnahmslos volljährig und entscheiden sich als Erwachsene dafür, ihr Privatleben in Ageplay-Beziehungen zu führen.

Jedes Buch der ABC-Türme ist eine eigenständige Geschichte. In den Folgebüchern der Reihe werden Charaktere auftreten, die bereits in früheren Romanen vorkamen, aber auch neue Gesichter. Edgewater Industries ist ein beneidenswerter Arbeitsplatz für Groß und Klein. Für die Littles ist er ein geschützter Rückzugsort.

WIR LADEN SIE HERZLICH EIN, TEIL VON PEPPERS LITTLES LEAGUE ZU WERDEN!

Haben Sie Lust, mehr Geschichten über die Littles zu lesen? Abonnieren Sie meinen Newsletter! Jede zweite Ausgabe enthält eine Kurzgeschichte und andere interessante Beiträge! Ich verspreche Ihnen, Ihren Posteingang nicht zu überschwemmen und Sie können sich jederzeit wieder abmelden.

Als besonderen Clou schicke ich Ihnen eine kostenlose Sammlung von drei Kurzgeschichten, damit Sie mit dem Verschlingen der unterhaltsamen Littles-Aktivitäten loslegen können!

Hier ist der Link:

http://BookHip.com/FJBPQV

KAPITEL 1

G ib mir Bescheid, wenn du die Berichte hast, Elaine", bat
„ Easton Edgewater an der Tür zu ihrem Büro.

„Mach ich. Ich werde sie dir so schnell wie möglich zukommen
lassen. Ich weiß, dass viel davon abhängt, wie die Zahlen in diesem
Quartal aussehen", antwortete Elaine ihrem Chef, während sich ihre
Finger an den Ordnern in ihren Händen festkrallten.

„Nimm dir die Zeit, die du brauchst, um genau zu sein. Ich weiß,
dass diese Berichte mühsam auszufüllen sind, aber du hast recht. Es
muss schnell gehen. Ich weiß deine Bemühungen zu schätzen, Elaine.
Ich könnte mir keine bessere Stellvertreterin wünschen."

Elaine nickte und ging in ihr Büro. Es war natürlich nicht so
aufwendig wie das des Geschäftsführers, aber es war geräumig und
ansprechend. Mit einer Grimasse ging sie an dem leeren Schreibtisch
mit der abgeräumten Holzoberfläche vorbei. Verdammt, ich brauche
einen Assistenten. In ihrem privaten Bereich angekommen, ließ sie
die Mappen auf den unordentlichen Schreibtisch fallen und ließ sich
in ihren Stuhl sinken.

Sie gab sich genau neunzig Sekunden Zeit, um innerlich darüber
zu jammern, dass sie die Quartals-Berichte ausfüllen musste. Sie
konnte diese Arbeit nicht ausstehen. Ich werde es lieben, wenn am
Ende alles für die Firma aufgelistet ist.

Mit diesem positiven Gedanken im Hinterkopf schaltete Elaine ihren Computer ein und machte sich an die Arbeit. Sie war gerade mit dem ersten Datensatz beschäftigt, als in unmittelbarer Nähe eine Hupe ertönte.

Instinktiv sprang Elaine von ihrem Stuhl auf. Sie stand neben ihrem Schreibtisch und versuchte einige Sekunden lang, ihren rasenden Herzschlag unter Kontrolle zu halten, bevor sie in den Sitzungssaal stürmte. Ein gutaussehender junger Mann blickte grinsend vom Schreibtisch ihrer Assistentin auf.

„Entschuldigung. Ich schätze, dass ich Ihren Gedankengang unterbrochen habe. Ich lege das besser in die unterste Schublade", entschuldigte er sich.

„Wer sind Sie?"

„Ich bin Fane - Ihr neuer Assistent. Sharon hat mich aus dem Verwaltungspool ausgewählt, um Ihren alten Assistenten zu ersetzen. Sie verschleißen viele", erzählte er, während er die schwarz umrandete Brille hochschob, die nichts von seinem guten Aussehen verbergen konnte.

Sie starrte ihn an, unfähig, darauf zu antworten. Gute Assistenten waren schwer zu finden. *Ich werde mich an den Erstbesten klammern, sobald ich ihn gefunden habe. Es ist nicht meine Schuld, dass ich ein Höchstmaß an Kompetenz und Einsatzbereitschaft erwarte.*

Dieser Mann wäre ihre absolut letzte Wahl gewesen. Lachfalten umrahmten seinen Mund und seine braunen Augen funkelten. Mit seinem zerzausten Haar und den hochgekrempelten Manschetten, die den Blick auf kunstvoll tätowierte Unterarme freigaben, entsprach er auf keinen Fall dem professionellen Profil, das sie brauchte, um Besucher in ihrem Büro zu begrüßen.

Bei dem Versuch, ihren Blick von dem charismatischen Mann abzuwenden, fiel ihr die große Schachtel auf dem Schreibtisch auf. Darin befanden sich verschiedene bunte Gegenstände: eine Frisbee, ein großer, bunter Stoffbär, ein Plastikgolfschläger, ein Holzgriff ... das war kein ... Elaine sah ihn ungläubig an.

„Ich glaube nicht, dass das funktionieren wird, Fane ..." begann Elaine und versuchte, diplomatisch zu sein.

„Sharon hat mir gesagt, ich solle mich nicht von Ihnen abschrecken lassen. Sie dachte, Sie bräuchten etwas anderes." Er breitete seine Arme aus und lenkte ihre Aufmerksamkeit auf seinen durchtrainierten Körper. „Sie haben mit mir einen Glücksgriff gemacht."

Mit einem Schnalzen schloss Elaine den Mund, drehte sich um und stolzierte in ihr Büro, wo sie die Tür hinter sich zuschlug. *Das werden wir ja gleich sehen!*

Sie nahm den Hörer in die Hand und rief Sharon auf ihrem Handy an. Die Verbindung wurde hergestellt und prompt hörte sie die einstige Assistentin ihres Arbeitgebers wie eine Bandansage säuseln: „Willkommen bei Edgewater Industries, Abteilung für Administratives. Wir haben deine Privilegien aufgrund deiner Überbeanspruchung des Systems eingeschränkt. Fane Bogart ist ab jetzt dein ständiger Assistent, mit der Zustimmung von Easton Edgewater. Ich wünsche dir einen schönen Tag."

„Sharon! Hör auf mit dem Unsinn. Ich kann nicht mit diesem Mann arbeiten ... er hat Spielzeug ins Büro mitgebracht."

Ein Klicken beantwortete ihre Äußerungen, als die Telefonverbindung unterbrochen wurde.

„Was?" Elaine schaute erstaunt auf ihr Telefon. Sharon hatte gerade aufgelegt. „Genug!"

Sie würde das selbst in die Hand nehmen. Elaine betrat das Vorzimmer und ignorierte die fröhliche Begrüßung ihres neuen Assistenten, der seinen Schreibtisch mit einem großen blauen Plüschhasen dekorierte. Entschlossen stapfte Elaine zur Tür hinaus und ging zu Eastons Büro.

„Ich muss Easton sehen!", bellte sie auf dem Weg zur Tür. Nachdem sie versucht hatte, die Klinke zu drehen, drehte sich Elaine um und sah die neue Sekretärin ihres Chefs an. „Es ist dringend."

„Mr. Edgewater hat Ihnen diese Notiz hinterlassen", teilte Piper mit und hob einen kleinen Zettel hoch.

„Komm damit klar?" Elaine las ungläubig die Notiz.

„Ich weiß, dass wir uns noch nicht gut kennen, Elaine. Ich habe viele der anderen Verwaltungsassistenten kennengelernt. Er ist derjenige, zu dem alle gehen, wenn sie Hilfe bei einem Problem brauchen. Alle halten große Stücke auf ihn. Geben Sie Fane eine Chance. Es gibt mehrere Abteilungen, die die Gelegenheit ergreifen würden, ihn für ihre Gruppe zu bekommen."

„Sie können ihn haben. Geben Sie mir Eastons Zeitplan. Wann ist sein nächster Termin?"

Elaine sah zu, wie Piper einen Zeitplan auf dem Computer aufrief. Als Piper einen Termin zwei Monate im Voraus ankündigte, starrte sie Piper ungläubig an. „Das kann nicht sein nächster freier Termin sein."

„Mr. Edgewater hat eine Sperre für die Änderung von Mitarbeiterzuweisungen bis zu diesem Tag verhängt. Sie können den ersten Termin um acht Uhr haben", bot Piper fröhlich an.

„Das ist lächerlich." Elaine drehte sich auf einem hohen Absatz um und kehrte in ihr Büro zurück.

„Wie kann ich Ihnen mit dem Bericht behilflich sein?", fragte Fane, als sie eintrat.

„Halten Sie sich von meinem Büro fern und seien Sie still", zischte sie, bevor sie die Tür schloss. Elaine hörte seine Antwort, bevor das Schloss einrastete.

„Ich bin hier, wenn Sie mich brauchen."

„Niemals!" Elaine fluchte leise vor sich hin.

Zwei Stunden später konnte sie es nicht länger aufschieben. Elaine musste auf die Toilette. Als sie aufstand, hielt sie inne, um ihren Kopf zu kreisen und ihre Schultern wieder in die richtige Position zu bringen. Die Anspannung beim Anblick all dieser Zahlen und Datenstapel hatte ihr Stresskopfschmerzen bereitet. Nun, das und das verpasste Mittagessen.

Sie ging zügig zur Tür und hielt mit der Hand auf dem Knauf inne. Als sie sich vorbeugte, um ihr Ohr an das Holz zu pressen, fing Elaine sich wieder. Niemand würde sie zwingen, sich in ihrem Büro zu verstecken! Sie riss die Tür auf und schritt durch das Vorzimmer, wobei sie sich die Schläfe rieb, um den Schmerz zu lindern.

„Guten Tag. Ich habe ..."

Die Worte von Fane verstummten, als sie den Flur entlang zur Damentoilette ging. Das sollte ihm eine Lehre sein. Sie würde ihn einfach ignorieren.

Elaine ging schnell auf die Toilette, wusch sich die Hände und wischte sich mit einem Papiertuch den Nacken ab, in dem vergeblichen Versuch, sich zu erfrischen. Sie betrachtete ihr Spiegelbild stirnrunzelnd. Blass und gezeichnet, sah Elaine genauso aus, wie sie sich fühlte - überarbeitet und gestresst.

Diesmal ging sie langsamer durch den Korridor zu ihrem Büro. Als sie vor der Tür stehen blieb, nahm sie ihre professionelle Haltung an und betrat das Büro. Fane kam mit einem Lächeln aus ihrem Büro.

„Ich wollte nur ...“

„Gehen Sie nicht in mein Büro. Auf meinem Schreibtisch liegen geheime Informationen“, schnauzte sie.

„Ich verstehe, Elaine. Ich habe nichts ...“

„Gut. Lassen Sie mich einfach in Ruhe“, unterbrach sie ihn, während sie durch die Tür schritt und sie fest verschloss. Elaine lehnte ihre Stirn gegen die Scheibe und war verzweifelt. Sie würde es keine zwei Monate aushalten, wenn sie ständig so wütend auf diesen inkompetenten Mann sein würde.

Als Elaine sich zu ihrem Schreibtisch umdrehte, blieb sie auf der Stelle stehen. Auf dem Schreibtisch standen ein Eiskaffee, ein Sandwich, zwei Schmerztabletten und der blaue Plüschhase. Sie ging langsam nach vorne und ließ sich in ihren Stuhl sinken. Sie nahm zuerst die Tabletten und schluckte sie mit einem kräftigen Zug Eiskaffee hinunter. Elaine schlug sich die Hand vor den Mund, um das Stöhnen über den köstlichen Geschmack zu unterdrücken - genau wie sie es mochte.

Ohne nachzudenken, nahm sie das Plüschtier in die Hand und umarmte es. Es war absolut kuschelig und weich. Als sie die geschlossene Tür betrachtete, fühlte sie sich schlecht. Sie hatte ihm keine Chance gegeben. Fane hatte sich offensichtlich über ihr Lieblingsgetränk informiert und das Mittagessen für sie bestellt. An einem halben Tag hatte er sich mehr für sie interessiert als jeder ihrer früheren Verwaltungsassistenten.

Als es leicht an ihrer Tür klopfte, sagte Elaine leise: „Danke.“

„Brauchen Sie noch etwas?", fragte er durch die Holzschranke.

„Nein, alles bestens."

„Gut."

Sie wartete darauf, dass er noch etwas sagte, aber Fane schwieg. Ein paar Sekunden später legte sie das Plüschtier beiseite und nahm sich ein Sandwich, halb Pute auf Weizen mit Senf und süßen Gurken. Ihr Lieblingsessen. Elaine nahm einen großen Bissen und kaute genüsslich darauf herum. Nach nur wenigen Minuten warf sie die Verpackung in den Mülleimer. Sie war ausgehungert gewesen.

Elaine hob ihren Drink auf und nahm einen langen Schluck, während sie die Tür betrachtete. Wenn er die Hupe und das peinliche Paddel wegschloss, könnte sie es vielleicht mit ihm aushalten. Sie beschloss, die zwei Monate als Probezeit zu nutzen. Sie rief ihre Mailbox auf und schickte Fane eine Nachricht.

W*ährend ich mich auf diese Berichte konzentriere, möchte ich, dass Sie ab dem nächsten Monat zweistündige Treffen mit den Leitern der einzelnen Abteilungen vereinbaren. Planen Sie nicht mehr als eins pro Tag ein. Das Thema wird die zukünftige Expansion sein. Sie sollen einen Bericht über ihre derzeitige Personalausstattung erstellen und darüber, was sie benötigen würden, um eine doppelte Arbeitsbelastung zu bewältigen. Ich danke Ihnen.*

Nachdem dies erledigt war, wandte sie sich wieder dem Bericht zu, den sie zusammengestellt hatte. Nach ein paar Nachtschichten wusste Elaine, dass sie es schaffen würde, den Bericht fertig zu stellen. Während sie sich in die Daten vertiefte, klickte sie sich durch die nächsten relevanten Infos.

KAPITEL 2

Um sieben Uhr schaltete Elaine ihren Computer aus, während sie lautstark die letzten Tropfen Flüssigkeit aus dem geschmolzenen Eis im Pappbecher saugte. Ihr Kopf war am Ende. Sie hatte den Punkt erreicht, an dem sie sich nicht mehr konzentrieren konnte.

Sie griff nach unten und verstaute Blueberry in ihrer Schreibtischschublade. Sie wollte sie mit in ihre Wohnung nehmen, aber sie wollte nicht gesehen werden, wenn sie das Stofftier trug. Sie würde das nächste Mal daran denken müssen, eine Tragetasche mitzunehmen.

Elaine zwang ihre geschwollenen Füße zurück in ihre Schuhe und stand mit einem Stöhnen auf. Gott sei Dank hatte sie nur eine kurze Strecke bis zu ihrer Wohnung im B-Turm zurückzulegen. Sie wusste, dass die meisten Mitarbeiter, die dort wohnten, Littles waren, die lieber in der Sicherheit und Gemeinschaft des Edgewater-Apartmentgebäudes leben wollten als allein in einem Haus. Easton kümmerte sich um alle seine Angestellten, doch für die Littles zeigte er besondere Fürsorge. Elaine war sich sicher, dass sie nicht die einzige Nicht-Little im Turm war. Das wäre dann doch zu schräg.

Sie verdrängte den Gedanken aus ihrem Kopf. Bedauernd warf sie den leeren Pappbecher in den Papierkorb, griff nach ihrer Handtasche und ging zur Bürotür. Der verlassene Schreibtisch von Fane war nun mit einer Vielzahl von lustigen Figuren und Spielzeugen dekoriert. Mit einem kurzen Blick in Richtung Flur, um sich zu vergewissern, dass sie niemand beobachtete, beugte sie sich vor, um ein paar davon genauer zu betrachten.

„Sie können sie mitnehmen, wenn Sie wollen", sagte eine tiefe Stimme hinter ihr.

„Ahh!" Elaine wirbelte herum, plötzlich animiert durch die Vorstellung des Bildes, das sie bot, mit ihrem zur Tür gewandten Allerwertesten. „Ich dachte, Sie hätten schon Feierabend gemacht."

„Nein. Erst wenn Sie nach Hause gehen. Was wäre, wenn Sie mich für etwas brauchen würden? Wenn Sie den Bericht geschrieben haben, machen wir ein paar Stunden früher Schluss und unternehmen etwas Lustiges."

„Das kann ich nicht. Ich arbeite immer bis spät in die Nacht", erklärte Elaine schroff.

„Dann brauchen Sie mehr Spaß in Ihrem Leben, weg von der Arbeit. Mr. Edgewater würde nicht wollen, dass Sie sich verheizen", erklärte er voller Zuversicht, während er sie in Richtung Tür bugsierte. „Ich habe die Abteilungsbesprechungen geplant und in Ihrem Kalender eingetragen. Wir werden morgen alles durchgehen, um sicherzugehen, dass es für Sie passt."

„Sie haben alles geplant?", fragte sie und prüfte sein Gesicht auf Spuren einer Lüge.

„Ja, natürlich. Ich kenne alle Admins an der Spitze der einzelnen Abteilungen. Wir arbeiten alle gut zusammen. Jetzt ist es Zeit für Sie, nach Hause zu gehen und sich zu entspannen. Sie wohnen im Turm B, richtig?" erkundigte sich Fane.

Völlig erschöpft begann Elaine zu nicken, fing sich aber wieder. Sie sollte ihm nicht sagen, wo sie wohnte. „Ich glaube nicht, dass Sie das etwas angeht."

„Ich bin froh, dass Sie in Sicherheit sind. Denken Sie daran, dass ich weder Ihr Stockwerk noch Ihre Wohnungsnummer kenne. Ich habe Sie nur zufällig gesehen, als ich eines Abends nach dem Training in diesen Turm ging."

„Oh!", sagte sie und nickte verständnisvoll, während sie sich wieder entspannte.

„Außerdem würde mich Knox' Team nicht nach oben lassen, wenn ich nicht an Ihrer Seite wäre oder meinen Namen an der Rezeption angegeben hätte. Ich begleite Sie nur zum Turm, um sicherzugehen, dass Sie dort wohl und behütet ankommen."

„Oh!", wiederholte sie, bevor sie hinzufügte: „Das müssen Sie nicht tun. Hier auf dem Edgewater-Gelände ist es sicher."

„Ich weiß." Fane gab ihr ein Zeichen, ihm aus dem Büro zu folgen.

Sie gingen schweigend durch die verlassenen Gänge zum Aufzug. Als er vor sie trat, um den Abwärtsknopf zu drücken, zog sein durchtrainierter Körper, der nur leidlich unter der Berufskleidung verborgen war, Elaines Augen auf sich. Als ihr klar wurde, was sie da tat, zwang sie sich sofort, den Blick von ihm abzuwenden. Es ging nicht an, dass sie ihren Assistenten begaffte. Sie sah sich um, um sicherzugehen, dass niemand zusah und seufzte erleichtert, dass sie allein waren.

„Sie arbeiten zu viel", kommentierte Fane, als er das leise Aufseufzen hörte.

„Ich habe einen fordernden Job", erwiderte sie knapp.

„Sie machen einen tollen Job. Edgewater Industries kann sich glücklich schätzen, Sie zu haben. Die Firma braucht Sie, und zwar so, dass Sie in der Lage sind Ihren Job zu erledigen. Wenn Sie jeden Abend durcharbeiten, bekommen Sie bald ein Burn-out."

„Darüber brauchen Sie sich keine Sorgen zu machen", erinnerte sie ihn an ihren Status.

„Das tue ich und werde ich auch", antwortete er und sah ehrlich besorgt aus.

„Da wären wir", verkündete sie und stieg im Erdgeschoss aus dem Aufzug.

„Sie müssen mich nicht begleiten", versicherte Elaine ihm, als sie in die warme Abendluft traten. Sie musterte ihn eindringlich, als Fane auf dem Bürgersteig, der zu ihrer Wohnung führte, mit ihr Schritt hielt. „Ernsthaft."

„Meine Eltern haben mich wohl genug erzogen, dass ich nachts niemanden allein gehen lasse. Außerdem muss ich nach dem langen Sitzen meine steifen Glieder wieder lockern."

Stille breitete sich zwischen ihnen aus, während sie versuchte, sich etwas einfallen zu lassen, was sie sagen könnte. Als Elaine zu dem hochgewachsenen Mann aufsah, konnte sie kein Unbehagen in seinem Gesichtsausdruck erkennen. Fane schien es vollkommen in Ordnung zu finden, neben ihr zu gehen, ohne zu sprechen. Sie versuchte, sich zu entspannen.

Schließlich konnte sie es nicht mehr aushalten. „Können Sie etwas sagen?"

„Natürlich. Worüber möchten Sie sprechen? Wie wäre es mit dem, was wir tun werden, wenn Sie den Bericht fertig haben?", schlug er vor.

„Wir werden etwas zusammen unternehmen, wenn ich mit den Quartalsberichten fertig bin?", fragte sie verwirrt.

„Aber natürlich. Ich denke, wir sollten einen Drachen steigen lassen gehen. Es ist die perfekte Jahreszeit, um draußen an der frischen Luft zu sein. Ich habe einen phänomenalen Drachen. Er fliegt unglaublich hoch, aber man braucht zwei Leute, um ihn zu steigen zu lassen. Sie können mir helfen."

„Was? Ich habe keine Zeit, um einen Drachen steigen zu lassen", protestierte Elaine.

„Sie müssen sich Zeit nehmen, um Spaß zu haben. Ich brauche ein paar helfende Hände, um den Drachen steigen zu lassen. Wir werden beide Überstunden haben, wenn wir den Bericht fertiggestellt haben. Es fügt sich perfekt, wenn wir das miteinander zelebrieren." Er schnürte seinen Vorschlag in ein hübsches Päckchen.

„Wir zwei sind keine Freunde. Sie arbeiten für mich." Elaine hatte das Gefühl, dass sie noch einmal auf ihre Beziehung hinweisen musste.

„Betrachten Sie das als Teambuilding. Wir müssen lernen, wie wir zusammenarbeiten können. Hier ist Ihr Haus", sagte Fane und öffnete ihr die Eingangstür. „Sind Sie gegen irgendetwas allergisch?"

„Das ist eine seltsame Frage", antwortete sie und sah ihn skeptisch an.

„Vielleicht. Ich sammle wahllos Informationen. Und, sind Sie es?"

„Nein. Na ja, etwas, das im Frühling blüht, bringt mich zum Niesen."

„Gut zu wissen. Ich hasse die Farbe Grün."

„Geht's noch wahlloser?", fragte sie und ging ihm voraus in die Eingangshalle.

„Hey, Knox!", grüßte er den großen Sicherheitsmann am Schalter.

„Hey, Fane." Knox' ernster Tonfall änderte sich überhaupt nicht, als er Elaine ansprach. „Du arbeitest zu hart."

„Es reicht, ihr zwei. Die Quartalsberichte brauchen Zeit", wies Elaine die beiden zurecht, während sie durch die Lobby zum Aufzug ging. Als sie den Knopf drückte, versuchte sie, das Gespräch zwischen den beiden zu ignorieren.

„Du arbeitest jetzt für Elaine?", erkundigte sich Knox' tiefe Stimme.

„Ja."

Sie lauschte aufmerksam, um zu erfahren, ob er noch etwas dazu sagte, wie er sich in seiner neuen Position fühlte. Fane ging jedoch nicht näher darauf ein.

„Ich wette, ihr werdet gut miteinander auskommen", bemerkte der Sicherheitsmann, bevor er das Thema wechselte. „Du willst nicht zufällig ins Fitnessstudio, oder?"

„Auf jeden Fall. Willst du mir bei den Hanteln Gesellschaft leisten?"

„Ich bin heute noch nicht da gewesen. Ich treffe dich dort in fünfzehn Minuten oder sobald meine Ablösung da ist", erklärte Knox.

Elaine betrat den Aufzug. Als sich die Türen schlossen, hörte sie, wie sich die Eingangstür hinter Fane schloss und Knox am Telefon nach einem Ersatz für die Rezeption fragte. Sie lehnte sich gegen die Fahrstuhlwand. Was war heute passiert? Es schien, als hätte sich in den letzten dreizehn Stunden alles verändert.

In ihrer Wohnung warf sie ihre Kleider auf den Stapel, der zur Reinigung gehen sollte. Als sie in ihrer Unterwäsche ins Bad spazierte, warf sie einen sehnsüchtigen Blick auf die große Wanne, bevor sie diesen Gedanken nach einem Blick auf die Uhr wieder verwarf. Sie musste ins Bett.

Elaine versuchte, den kleinen Korb mit Badespielzeug unten im Schrank nicht zu bemerken, als sie sich ein frisches Handtuch schnappte. Es war schon zu lange her, dass sie sich den Luxus gegönnt hatte, für längere Zeit im warmen Wasser zu sitzen.

„Bald!", versprach sie sich laut, als sie die Tür mit einem festen Klicken hinter sich zuzog.

Elaine warf das Handtuch über die Duschstange, drehte das Wasser auf und trat ein. Sie achtete darauf, sich nicht die Haare nass zu machen, während sie sich schnell wusch. Zum Glück war ihre Frisur einfach und entsprach ihrem Bedürfnis, sie nur ein paar Mal in der Woche zu waschen. Morgen wäre noch früh genug.

Innerhalb weniger Minuten kletterte sie in ihr Bett und schaltete das Licht aus. Sie holte ihr kugelrundes Kuscheltier unter dem Kopfkissen hervor und drückte den grauen Käfer an ihre Brust. „Ballsy, du wirst nicht glauben, was heute passiert ist. Ich erzähle es dir morgen, wenn wir aufwachen, wenn das okay ist?"

Als alle seine Füße zustimmend winkten, umarmte Elaine ihr langjähriges Stofftier fest und schloss die Augen. „Nacht, Ballsy."

KAPITEL 3

Als Elaine am nächsten Morgen ihr Büro betrat, fiel ihr Blick sofort auf den Schreibtisch ihres Assistenten. Ihr Gespräch mit Ballsy hatte ihr vor Augen geführt, wie gut sich Fane gestern um sie gekümmert hatte. Das Stofftier war sehr angetan von ihm gewesen und war gespannt darauf, was der heutige Tag mit diesem faszinierenden Mann bringen würde. Ihre Frustration darüber, dass das Zimmer leer war, verarbeitete sie in einem Wutgeheul.

„Kann er nicht einmal pünktlich kommen?", wetterte sie laut.

„Fünf Minuten zu früh mit Kaffee", versicherte ihr eine fröhliche Stimme an der Tür.

Als sie sich umdrehte, begrüßte Fane sie: „Morgen, Chefin. Haben Sie letzte Nacht gut geschlafen?"

„J-Ja", stotterte sie überrascht. „Guten Morgen."

„Hier ist Ihr Kaffee, genau wie Sie ihn mögen." Er reichte ihr eine große Tasse mit der eisigen Mischung.

„Woher wissen Sie, wie ich meinen Kaffee trinke?", fragte sie ihn, als sie die Tasse nahm. „Mmm! Der ist besser als sonst", bemerkte Elaine erfreut.

„Boss Management für Anfänger, verkündete er, als ob das irgendwo ein tatsächlicher Lehrgang wäre. „Es ist immer wichtig, die grundlegenden Details über die Person zu kennen, mit der man arbeitet."

„Hmm ... Das ist wahrscheinlich richtig. Es ist entscheidend, seine Vorgesetzten zu verstehen", kommentierte sie.

„Nicht Vorgesetzte. Mitarbeiterin. Ich bin Ihr Verwaltungs-Assistent", betonte er, während er auf seine Brust deutete.

Sie sah ihn ausdruckslos an und verstand nicht, warum er seinen Worten so viel Nachdruck verlieh. Elaine wusste, dass sie die Chefin war und er ihr Angestellter. „Wie auch immer. Gehen wir den Plan durch, den Sie gemacht haben. Vielleicht haben Sie nicht alle Abteilungen erwischt ..."

„Elf Schlüsselabteilungen, kategorisiert nach ihrer Relevanz für die Expansionspläne, die Easton Edgewater verfolgt", unterbrach Fane sie, um ihre Aussage zu vervollständigen. „Möchten Sie sich an meinen Schreibtisch setzen? Oder wollen Sie Ihren benutzen, um den Zeitplan, den ich organisiert habe, vollständig auszubreiten?"

Bevor sie antworten konnte, fügte er hinzu: „Jetzt? Oder als Pause von dem Bericht, an dem Sie gerade arbeiten?"

„Oh!" Elaine warf einen Blick auf ihre Bürotür und war ganz perplex angesichts der Tatsache, dass sie den Bericht vollkommen vergessen hatte. „Der Zeitplan kann warten."

Als sie zur Tür eilte, schwappte ihr Kaffee eiskalt in seinem Plastikbecher hin und her. An seine Aufmerksamkeit erinnert, hob sie den Becher dankend leicht in seine Richtung. „Das war nett!"

„Gern geschehen. Ich komme später vorbei, um Ihnen eine Pause zu geben und den Zeitplan durchzugehen."

„Vielleicht ...", kommentierte sie geistesabwesend, während sie in ihr Büro ging. Innerhalb weniger Minuten war sie in die Daten vertieft und bemerkte nicht, wie er sich im Vorzimmer bewegte.

Fane schüttelte den Kopf. Er konnte verstehen, warum Elaine solch einen Verschleiß an Assistenzkräften hatte. Seine neue Chefin war nicht absichtlich fies. Sie arbeitete einfach zu hart und konnte sich nicht in ihre Assistentinnen und Assistenten hineinversetzen. Elaine widmete sich voll und ganz der anstehenden Arbeit und kümmerte sich nicht um die Auswirkungen, die ihr Engagement und ihre langen Arbeitszeiten auf andere hatten.

Die Beschwerden seiner Kolleginnen und Kollegen in der Verwaltung hatten ihn aufhorchen lassen. Als er Elaine kennengelernt hatte, wusste er, dass in ihr mehr steckte als die oberflächlichen Beschwerden seiner Kollegen. Sie war ein komplexes Rätsel, das ihn faszinierte und anzog - und seinen Beschützerinstinkt und seinen Stolz aktivierte, zumal sie in der Firma eine Menge zuwege brachte. Selbst in den Augen derer, die nie wieder für sie arbeiten wollten, war Edgewaters Stellvertreterin ein wesentlicher Bestandteil des Unternehmenserfolgs.

Wenn er sie richtig einschätzte, hatte sie ihren Körper bis zur Belastungsgrenze beansprucht und brauchte eine bessere Ernährung und mehr Bewegung. Sie würde seine Hilfe anfangs nicht mögen, aber irgendwie war es ihm wichtig, sich um die überstrapazierte Betriebsleiterin zu kümmern. Der erste Schritt war das Hinzufügen von Nährstoffen zu ihrem Kaffee, der, wie er vermutete, ihr einziges Frühstück war. Leicht gesüßtes Vanilleproteinpulver war die perfekte Lösung.

Fane setzte sich an seinen Schreibtisch und erstellte einen zweiten Zeitplan, der den Tag in vier Teile gliederte. Er stellte den Timer seiner Uhr auf zwei Stunden ein und stürzte sich in die Arbeit. Ihr Schreibtisch und ihre Online-Dateien waren in einem katastrophalen Zustand. Der stete Wechsel von einer Assistenz zur anderen hatte das Chaos in den Ablage- und Organisationssystemen zusätzlich begünstigt.

Als der Timer seiner Uhr piepte, schaltete Fane seinen Computer in den Ruhezustand und legte schwere Gegenstände auf jeden Stapel von Papieren und Akten, die er sortiert hatte. Als er sicher war, dass nichts wegfliegen würde, ging er zu ihrem Büro und klopfte leicht an die Tür.

„Nein."

Fane öffnete die Tür und verkündete: „Sichern Sie Ihre Datei."

Automatisch drückte Elaine auf die Tasten ihres Computers. Sie sah zu ihm auf und fragte: „Was ist hier los?"

„Sicherheitsübung. Wir müssen das Gebäude verlassen."

„Verdammt!" Elaine klappte ihren Computer zu und hob ihn hoch, um ihn in ihrer Tasche zu verstauen.

„Bei einer Übung soll man alles stehen und liegen lassen. Es wird schon nichts passieren. Es ist nur eine Übung", erinnerte er sie.

„Oh, okay." Sie folgte ihm durch das Büro auf den Flur. Die Leute liefen in normalem Tempo herum und erledigten ihre täglichen Aufgaben.

Elaine hielt inne und fragte: „Warum wird außer uns niemand evakuiert?"

„Das neue Evakuierungsprogramm von ganz oben. Es werden jeweils nur bestimmte Abteilungen benachrichtigt. Verbessert die Produktivität. Wir wollen nicht die Letzten sein", schlug er vor, legte ihr eine führende Hand auf den Rücken und lenkte Elaine zur Tür.

„Oh. Das verstehe ich sehr gut. Wir verlieren eine Menge Zeit, wenn wir alle nach draußen bringen." Sie ging vor ihm in den Aufzug und drückte den Knopf für das Erdgeschoss.

Drei Stockwerke später sah Elaine ihn mit einem entsetzten Gesichtsausdruck an. „Man soll in einem Notfall nie den Aufzug nehmen."

„Das nächste Mal machen wir's besser", stimmte Fane zu.

Den Rest des Weges fuhren sie schweigend. Als der Aufzug in der untersten Etage ankam, beobachtete Fane ihr Gesicht genau. Er konnte erkennen, dass ihre Gedanken in der Fertigstellung der Berichte festhingen. Es wäre keine Pause, wenn sie nicht auch ihren Geist entspannen konnte.

Als sich die Türen öffneten, führte er sie nach draußen. Er deutete auf die andere Seite einer Wiese und sagte: „Da ist der Sammelplatz."

„Ich kann mit diesen Schuhen nicht über die Wiese laufen. Das ist doch lächerlich."

„Dann ziehen Sie sie aus." Fane kniete sich neben ihre Füße und wies sie an: „Legen Sie Ihre Hand auf meine Schulter, um das Gleichgewicht zu halten." Er schaute auf den Boden und lächelte, als ihre

Hand sachte auf seiner Schulter landete und sich dann versuchsweise bewegte, um die Muskeln unter seinem Hemd zu spüren.

Mit einer schnellen Bewegung zog er ihr die Pumps von den Füßen und richtete sich mit ihren Schuhen in der Hand vor ihr auf. „Das Gras sollte weich genug sein", sagte er und führte sie auf den schön gepflegten Rasen. Fane war erfreut zu sehen, wie ihre Zehen im Gras wackelten, während sie neben ihm her schlenderte.

Sie gingen einige Schritte schweigend, bevor er sie daran erinnerte: „Atmen Sie. Legen Sie den Kopf auf die Schultern, um die Anspannung dort zu lösen."

Sie folgte seinen Anweisungen und blieb mit einem Seufzer stehen. „Es findet keine Evakuierungsübung statt, nicht wahr?"

„Keine offizielle. Sie brauchten eine Pause und etwas frische Luft."

„Ich mag es nicht, wenn man mich anlügt", sagte sie steif und starrte ihn an.

„Dann werde ich Ihnen ab sofort immer die Wahrheit sagen", antwortete er mit einem Lächeln. „Dieses Mal habe ich streng genommen nicht wirklich gelogen."

„Du bist der Typ von ganz oben, der die Evakuierungsübung für zwei Personen angeordnet hat?", fragte sie, als sie sich an seine Worte erinnerte. Elaine betrachtete seine breiten Schultern und seine athletische Gestalt.

Fane antwortete nicht direkt mit Worten, sondern lächelte sie nur an. Er genoss es, die körperliche Anziehung in ihren Augen zu sehen, bevor sie sie verstecken konnte. „Kommen Sie schon. Lassen Sie uns bis zum Ende der Wiese gehen, dann kehren wir um und gehen zurück an die Arbeit."

Fane machte eine Geste nach vorne und nickte gedanklich, als sie in die Richtung schritt, in die er gezeigt hatte. Sie gingen schweigend weiter, bis sie die von ihm angegebene Stelle erreichten und drehten sich dann um, um zu dem hoch aufragenden Bürogebäude zurückzukehren. Er bemerkte, dass ihr Gang sich nicht in Rage beschleunigte.

„Es ist wunderschön hier", sagte sie leise. „Ich verbringe nicht viel Zeit draußen."

„Das müssen wir ändern. Pausen sind gut für den Geist und das

Herz. Meine erste Aufgabe war es, Pausen in Ihren Zeitplan einzubauen."

„Warum?"

„Weil Edgewater Industries Sie braucht, und zwar stark und ausgeruht. Und ich möchte, dass Sie gesund und glücklich sind", teilte er ihr mit und wies damit subtil darauf hin, dass seine Sorge um sie nicht nur auf ihrer Bedeutung für den Fortschritt und die Rentabilität des Unternehmens beruhte.

„Warum ist Ihnen das wichtig?", fragte sie leise und musterte sein Gesicht.

„Darum", antwortete er kryptisch.

„Das ist keine angemessene Antwort", protestierte sie, als sie den Rand der Grünfläche erreichten.

„Das ist alles, was Sie für den Moment wissen müssen." Fane lenkte sie ab, indem er mit ihren Stöckelschuhen winkte. „Wie laufen Sie in denen?"

„Übung."

Elaine streckte eine Hand aus, um einen Schuh zu nehmen. Sie protestierte, als Fane sich hinunterbeugte, um ihren Knöchel zu umfassen, um sie ihr wieder anzuziehen: „Ich kann das allein."

„Natürlich können Sie das. Aber alles selbst zu machen, ist langweilig und ich will Ihnen helfen", versicherte er ihr, während sie sich automatisch mit einer Hand auf seiner Schulter ausbalancierte. Es freute Fane zu sehen, dass sie sich daran gewöhnte, sich in seiner Nähe wohlzufühlen. Schnell steckte er ihr die Schuhe an die Füße und stand auf, um ihr die Hand zu reichen, als sie wieder auf den Bürgersteig trat.

„Fühlen Sie sich besser?", fragte er, als sie durch die großen Glastüren zurück in Richtung der Aufzüge gingen.

Sie schwieg ein paar Sekunden lang, bevor sie antwortete: „Ja."

Sie betraten den kleinen Raum und Fane wählte die Etage. Er schwieg und erlaubte ihr, die außerordentliche Menge an Informationen zu verarbeiten, die ihr durch den Kopf gehen mussten. Zu seiner Freude fügte sie nach ein paar Sekunden hinzu: „Danke".

„Sehr gern geschehen."

Als sich die Türen öffneten, begleitete er sie durch den Flur in das große Büro. Elaine flog in ihr Büro, um sich sofort auf den Bericht zu stürzen. Fane holte eine gekühlte Wasserflasche aus dem kleinen Kühlschrank, den er aus dem zentralen Inventar angefordert hatte. Sie hatte ihre Tür teilweise offengelassen und er ging leise hinein, um sie nicht zu stören.

Fane öffnete den Deckel und stellte die gekühlte Flasche neben ihrem Ellenbogen ab. Sie blickte von ihrem Computer auf und nickte geistesabwesend, bevor sie die Flasche aufhob und einen großen Schluck nahm. Er wandte sich um, um das Büro zu verlassen, als sie sich erneut in ihrem vor Daten berstenden Bildschirm verlor.

Fane blieb in der Tür stehen und blickte zu seiner neuen Chefin zurück. Sie sah besser aus. Sie hatte wieder Farbe auf den Wangen und ihre Schultern hatten sich wieder aufgerichtet, anstatt sich an den Ohren hochzuziehen. Elaine würde sich bei jedem Schritt sträuben, aber er würde ihr dabei helfen, wieder Freude am Leben und der Arbeit zu finden.

KAPITEL 4

„Wie geht's, Chefin?"

Elaine sah auf, als sie Fanes Stimme hörte und strahlte den gut aussehenden Mann an, der mit den Händen auf dem Rücken in der Tür stand. „Ich denke, ich werde den Bericht morgen fertigstellen. Es schien heute alles zu stimmen."

„Fantastisch. Sie sind erstaunlich."

Elaine musterte sein Gesicht, um zu sehen, ob Fane scherzte oder nicht und beschloss, ihm im Zweifel Recht zu geben. Er hatte heute mit allem anderen Recht gehabt. Sie stand auf und streckte ihre Arme.

„Ich hasse es, an diesem Schreibtisch zu kleben. Normalerweise gehe ich hier auf Standby-Modus, wenn ich diesen Bericht erstellen muss", gab sie zu. „Ich habe heute sogar mehr geschafft als sonst, obwohl ich Pausen gemacht habe. Es ist, als würde ich mich dadurch noch mehr anstrengen."

„Das ist gut für Ihr Gehirn. Sind Sie jetzt soweit, sich von all dem hier zu trennen?" fragte Fane.

„Ich bin bereit, die Füße hochzulegen und mich für den Abend zu entspannen. Eine warme Suppe und ein bisschen Fernsehen würde mir passen."

„Hätten Sie Lust, mit mir zum Yoga zu gehen? Das würde Ihnen helfen, Ihre Muskeln zu dehnen", schlug Fane mit einem sanften Lächeln vor.

„Yoga? Kerle machen Yoga?" platzte es Elaine heraus, bevor sie spürte, wie sich ihre Wangen vor Verlegenheit erhitzten, dass sie Yoga für einen reinen Frauensport gehalten hatte.

„Ja. Auch Männer machen Yoga."

„Entschuldigung. Manchmal spricht mein Mund, während mein Gehirn noch denkt. Ich muss passen. Ich bin eine der wenigen Frauen auf der Welt, die keine Yogahose hat", lachte Elaine und beugte sich hinunter, um ihre Handtasche aus der unteren Schreibtischschublade zu holen.

„Heute ist Ihr Glückstag. Sie dürfen den vielen Frauen der Welt beitreten", verkündete Fane und holte eine kleine Geschenktüte hinter seinem Rücken hervor.

„Was ist das?", fragte sie, als er es ihr hinhielt.

„Schau hinein."

Elaine nahm die Tüte und schaute hinein. Am Boden befanden sich Kleidungsstücke. Zögernd zog sie das erste Teil heraus. Es war ein tailliertes Hemd in einem schönen hellen Lavendel. Sie warf es sich über den Arm und holte das zweite Teil heraus und lachte.

„Eine Yogahose!" Sie schüttelte sie aus und sagte: „Eine Yogahose für eine sehr schmale Frau."

„Yogahosen sollen eng anliegen. Sie werden schon passen. Ich habe ein ziemlich gutes Auge in Sachen Damengarderobe."

Ihre gute Laune verflüchtigte sich in einem Schwall von Wut. Sie begann, alles wieder in die Tasche zu stopfen. Als seine Hand sich über ihrer schloss, warf sie ihm einen warnenden Blick zu, der Männer normalerweise in Deckung gehen ließ.

„Sie können ja gehen und all die Frauen anziehen, die Sie anstarren", antwortete sie, bevor sie ihm die Hand entriss und alles wieder in die Tasche packte.

„Ich habe vier Schwestern und eine modebewusste Mutter", antwortete er.

Es dauerte ein paar Sekunden, bis sie seine Worte verstand. „Sie haben vier Schwestern und eine Mutter", wiederholte sie.

„Alles erfahrene Schnäppchenjägerinnen, die vor dem Kauf die

Meinung einer anderen Person hören wollten. Sie entdeckten auch, dass ich ein sehr gutes Gedächtnis habe und mir merken konnte, wer im Haus passende Accessoires hatte. Zu wissen, welches Kleidungsstück welcher Schwester passen würde, half, verletzte Gefühle zu vermeiden. Ich kann die Größen sehr gut einschätzen. Die sind perfekt für Sie."

Wie selbstverständlich trat er vor, um ihre Hand zu nehmen. „Vergessen Sie Ihre Handtasche nicht", erinnerte er sie, bevor er einen Schritt zur Tür machte.

„Ich werde nicht zum Yoga gehen, Fane. Da fühle ich mich völlig fehl am Platz."

„Das ist ein toller Einsteigerkurs. Handtasche, Elaine", erinnerte er sie erneut, als er einen Schritt zur Tür machte.

Automatisch hob sie ihre Handtasche auf, als er sie sanft mit sich zog. Elaine drückte die Tüte mit der Kleidung an ihre Brust, während sie ihm aus dem Büro folgte. Fane hielt an, um einen kleinen Seesack vom Schreibtisch aufzugreifen, bevor er sie zum Aufzug führte. Er hielt ihre Hand fest in seiner, als einige andere hinter ihnen eintraten, obwohl sie versuchte, ihre Hand unauffällig wegzuziehen. Als er das Erdgeschoss auswählte, lehnte sie sich neben ihm an die Wand und beobachtete, wie die Zahlen auf dem Display vorbeizogen.

Der Aufzug hielt zweimal an, so dass die anderen aussteigen konnten, mit der netten Bemerkung, sie morgen wiederzusehen. Sie begegnete seinem Blick wütend, als der Aufzug seine Fahrt fortsetzte.

„Fane, es ist nicht angebracht, dass Sie meine Hand halten." Elaine entriss ihm ruckartig die Hand. „Ich bin Ihre Chefin. Ich möchte, dass Sie das nicht vergessen."

„Verstanden", antwortete er leichthin, völlig unbeeindruckt von ihrer Zurechtweisung.

„Wirklich, Fane. Ich weiß zu schätzen, was Sie heute für mich getan haben. Und Sie hatten völlig recht damit, dass ich mich besser konzentrieren kann, wenn ich ein paar Pausen mache." Elaine justierte die Gegenstände, die sie in den Händen hielt, um sie neu zu verteilen. *Ich vermisse es nicht wirklich, seine Hand zu halten.*

„Hiermit habe ich allerdings auch recht. Was ist das Schlimmste, was passieren kann?", fragte er und beobachtete ihr Gesicht.

„Yoga?", fragte sie, durch seinen Themenwechsel aus dem Konzept gebracht.

Als er nickte, fuhr sie fort: „Ich weiß nicht ... Ich könnte mich komplett zum Affen machen. Etwas Peinliches tun, wie einen Krampf bekommen oder mich verknoten. Vielleicht umfallen? Werde ich dort andere Leute kennen lernen?"

„Ich denke, du wirst so ziemlich jeden kennen. Fast alle von ihnen wohnen im Turm B. Ich wette, du hast sie schon in der Lobby oder im Aufzug gesehen."

„Ich glaube nicht, dass ich mich in einem Kurs mit Angestellten wohlfühlen würde", gab Elaine zu.

Sie versuchte, sich von allen fernzuhalten. Es war schon schwer genug, die Co-Chefin einer großen Firma zu sein. Elaine hatte in ihren Jahren in der Wirtschaft festgestellt, dass die Dinge besser liefen, wenn sie mit den Mitarbeitern auf rein beruflicher Basis zu tun hatte.

„Sie haben sich schon einmal verbrannt, was?", fragte er mit einem wissenden Blick.

Elaine nickte, bevor sie sich zurückhalten konnte. „Ich hätte vorsichtiger sein müssen."

„Sie sind nie schuld an den Missetaten anderer", korrigierte er sie sanft. „Ich denke, Sie werden feststellen, dass die Atmosphäre hier anders ist."

Die Fahrstuhltüren öffneten sich und Fane gab ihr ein Zeichen, ihm zu folgen. In der Hauptetage wimmelte es nur so von Menschen, die sich nach Feierabend hier tummelten. Fröhliches Lachen und Gespräche zwischen den Angestellten, die Pläne für den Abend schmiedeten, erklangen. Mehrere Leute wünschten Elaine und Fane einen schönen Abend und sie hob die Hand, in der sie die mit Kleidung gefüllte Geschenktüte trug, um deren Worte zu begrüßen.

Fane sprach fast jeden mit Namen an und erwiderte den Wunsch nach einem angenehmen Abend, als sie den gefliesten Boden überquerten. An den großen Glastüren trat er vor, um eine zu öffnen. Elaine verließ das Gebäude und atmete tief ein, bevor sie sich ihrer Wohnung zuwandte.

Als ihr Assistent neben ihr Schritt hielt, beeilte sich Elaine zu sagen: „Sie müssen nicht mit mir gehen."

„Es ist mir ein Vergnügen. Mein Ziel befindet sich im selben Gebäude."

„Der Yogakurs?", fragte sie und blickte zu dem gut aussehenden Mann hinüber. Sie bemühte sich, die bläulichen Reflexe in seinem schwarzen Haar nicht zu bemerken, die im Licht der Straßenlaternen aufblitzten.

„Ja. Sie müssen auf dem Weg zu Ihrer Wohnung direkt an der Turnhalle vorbeigehen."

„Oh! Es ist in der Turnhalle. Da war ich schon ein paar Mal drin." Elaine versuchte immer, ungerade Zeiten zum Trainieren zu wählen, damit sie nicht vor den anderen schwitzte.

„Sie wissen schon, dass die Leute Sie hier nicht anders ansehen werden, wenn Sie die Annehmlichkeiten des Edgewater-Campus nutzen," erklärte Fane.

„Für eine Frau in meiner Position ist das etwas anderes", versuchte sie zu argumentieren.

„Sie waren schon in einigen beschissenen Situationen, was?"

Elaine blieb stehen und sah ihn an. „So ist es eben für eine Frau in einer Führungsposition. Am besten ist es, distanziert zu sein. Sonst versuchen die Leute, einen Vorteil aus dir zu ziehen."

„Das tut mir leid. Ich denke, Sie werden feststellen, dass es hier anders ist. In Easton Edgewater sind solche Dinge nicht erlaubt. Vielleicht sollten Sie versuchen, mehr persönlichen Kontakt mit dem Personal aufzunehmen. Das ist ein sehr freundlicher Haufen", schlug Fane vor, als sie sich dem Eingang von Turm B näherten.

„Hey, Knox!", begrüßte er den riesigen Sicherheitsmann mit erhobener Hand. „Kommst du heute Abend zum Yoga?"

„Wenn ich jemanden finde, der die Schreibtischarbeit übernimmt, werde ich da sein", antwortete Knox mit einem seltenen Lächeln. „Guten Abend, Elaine."

„Abend, Knox. Machst du Yoga?" Die Frage kam ihr über die Lippen, bevor sie sie aufhalten konnte.

Knox lachte. „Das Beste, mit dem ich je hätte anfangen können. Ich bin nicht sehr beweglich, aber es hilft mir, ausgeglichener zu sein - innerlich und äußerlich", gestand er.

Fane hielt am Schreibtisch inne, um mit ihm zu plaudern und Elaine wich zurück. Sie überließ es den offensichtlich sehr guten Freunden, sich zu unterhalten. Sie drückte ihre Hand gegen die elektronische Schalttafel des Aufzugs und starrte auf die Metalltüren, als ihr ein verirrter Wunsch durch den Kopf schoss. Es muss schön sein, sich mit allen entspannen zu können. Als sich die Türen öffneten, trat Elaine hinein, froh, dass sie entkommen konnte.

Fane rief: „Halten Sie den Aufzug für mich auf", und flitzte durch die Lobby, um zwischen den sich schließenden Türen hindurch zu huschen, die sie nicht hatte aufhalten wollen.

„Uff! Ich habe es gerade noch so geschafft." Er drückte seine Handfläche gegen die Innentafel, um den Weg freizumachen und wählte dann eine Etage über der, die Elaine bereits aktiviert hatte.

Die beiden fuhren schweigend zusammen, bis sich die Türen zu ihrer Etage öffneten. Elaine schob sich von der Wand weg und blieb stehen, als Fane einen Finger in den Riemen ihrer Handtasche steckte. Sie blickte überrascht zu ihm auf.

„Es ist noch nicht zu spät. Kommen Sie mit mir. Ich habe Sie bis jetzt noch nicht enttäuscht", erinnerte er sie mit einem umwerfend attraktiven Lächeln. Er schien sich der Macht, die er ausübte, nicht bewusst zu sein.

„Ich müsste mich umziehen."

„Es gibt Umkleideräume."

„Und was ist, wenn die hier nicht passen?"

„Das werden sie. Vier Schwestern und eine Mutter", erinnerte er sie.

„Ich werde umfallen."

„Der Lehrer ist ausgezeichnet. Er wird das nicht zulassen."

„Brauche ich nicht eine Matte oder so?"

„Im Yogastudio gibt es genug davon."

Elaine starrte ihn sprachlos an. Sie suchte nach einem anderen Grund, den Kurs zu schwänzen, aber ihr fiel nichts ein. Allein in ihrer Wohnung zu sein, klang plötzlich so ... einsam.

„Ich denke, ich könnte es versuchen", lenkte sie ein.

„Gut. Kommen Sie." Er drückte den Knopf zum Schließen der Türen und lehnte sich lächelnd zurück.

„Ich werde nicht alles tun, was Sie mir vorschreiben", warnte Elaine ihn.

„Daran habe ich keinen Zweifel", stimmte er ihr zu, als sich die Tür im nächsten Stockwerk öffnete. Fane sagte nichts weiter, sondern legte nur seine freie Hand auf ihren Rücken, um sie aus dem Aufzug in die große Turnhalle zu führen.

Ein paar Leute trainierten an verschiedenen Geräten. Sie alle grüßten sich, bevor sie sich wieder ihrer jeweiligen Aktivität zuwandten. Fane führte sie zur Tür der Frauenumkleide.

„Gehen Sie hinein und ziehen Sie sich um. Wahrscheinlich sind schon ein paar Leute da. Sie werden Ihnen bestätigen, dass Ihre Kleidung vollkommen angemessen ist. Der Unterricht findet im Studio statt, durch diese Tür. Ich werde eine Matte für Sie in meiner Nähe bereitlegen."

„Im hinteren Teil des Kurses, bitte", sagte sie schnell. Elaine wollte nicht zur Schau gestellt werden.

„Vertrauen Sie mir."

Sie schaute in seine tiefbraunen Augen und zögerte. Er hatte sich noch nicht geirrt. „Ich bin nicht sehr gut darin. Sie wissen schon, Menschen zu vertrauen", flüsterte sie leise.

„Ich weiß. Das wird sich ändern." Seine Hand strich sanft über ihren Rücken, bevor er sie wegzog. „Ich treffe Sie drinnen."

Bevor sie es sich anders überlegen konnte, schritt Elaine durch die Tür in den luxuriösen Umkleideraum. Stapel von dicken, saugfähigen Handtüchern füllten die Regale neben der Tür, zusammen mit einer großen Auswahl an Toilettenartikeln, die jedem zur Verfügung standen. Als sie um eine Ecke bog, entdeckte sie drinnen drei Frauen.

„Ms. Rivers! Sind Sie heute Abend beim Yoga dabei?"

Elaine erkannte Belinda aus dem Technikzentrum. Die Frau hatte sie schon oft mit ihren Computerkenntnissen und ihrer Hilfsbereitschaft beeindruckt. „Nenn mich doch bitte Elaine."

„Sehr gern. Kennst du schon Cynthia und Sarah? Cynthia arbeitet in der Cafeteria und Sarah ist die neue Krankenschwester von Edgewater."

„Freut mich", begrüßte Sarah sie herzlich, bevor sie ihr Praxishemd auszog, um es zu falten und in ihren Spind zu legen.

„Hey!" sagte Cynthia und winkte, als sie aus ihren schwarzen Laufschuhen schlüpfte.

„Hallo, Mädels. Freut mich, euch kennenzulernen", sagte Elaine sanft, bevor sie auf die Tasche in ihrer Hand hinunterblickte und verängstigt fragte. „Ich probiere zum ersten Mal Yogakleidung an. Könnt ihr mir die Wahrheit sagen und mich davor bewahren, mich lächerlich zu machen?"

„Natürlich!" versicherte Belinda ihr.

„Auf jeden Fall", fügte Cynthia mit einem Lächeln hinzu.

„Aber nur, wenn du dich revanchierst. Das ist auch mein erster Kurs hier", fügte Sarah hinzu und wirkte ein wenig nervös.

„Danke." Elaine entspannte sich ein wenig. Sie drehte sich um, öffnete einen Spind und hängte ihre Handtasche an einen Haken. Sie holte die Kleidung aus der Tasche und legte sie auf die Bank, die zwischen den Schrankreihen stand.

„Wahnsinn! Die sind ja wunderschön", rief Cynthia aus. „Du wirst großartig darin aussehen."

„Wir werden sehen", antwortete Elaine, immer noch skeptisch. Zu ihrem Erstaunen stand sie ein paar Minuten später zufrieden in ihren neuen Kleidern.

„Du hättest keine bessere Größe wählen können", versicherte Sarah ihr. „Und diese Farbe ist so hübsch an dir."

„Wenn ich jetzt nur nicht umkippe." Elaine griff den nächsten unangenehmen Gedanken auf, der ihr im Kopf herumschwirrte.

„Das hoffen wir alle zu vermeiden", sagte Cynthia mit Nachdruck. „Zwei Monate ohne Zwischenfälle."

„Du machst seit zwei Monaten Yoga?", fragte Elaine.

„Nein, seit ein paar Jahren. Das letzte Mal bin ich beim Halbmond umgekippt, als der Kurs an dieser Pose gearbeitet hat", erklärte Cynthia. „Es ist nicht schlimm, wenn man mal wackelt. Jeder kämpft um sein Gleichgewicht."

Elaine nickte skeptisch, während die anderen ihre Matten nahmen. „Ich folge euch."

„Wirklich, es wird dir gefallen", versicherte Belinda ihr, bevor sie ihr den Weg zur Tür wies.

Elaine fühlte sich unwohl in der figurbetonten Kleidung und dankte Fane im Geiste dafür, dass er ein Oberteil mit integriertem BH gewählt hatte. Wenigstens fühlte sie sich vollständig bedeckt und unterstützt.

Im Inneren des Studios war die Beleuchtung gedämpft. Elaine entspannte sich ein wenig, fernab von den grellen weißen Lichtern des Fitnessbereichs. Sie zögerte und sah sich nach Fane um.

„Hey! Es passt perfekt!", jubelte seine Stimme, als er sich vom vorderen Teil des Raumes her näherte.

Bei seinem Anblick versuchte Elaine, ihre Reaktion zu kontrollieren und hoffte mit jeder Faser ihres Wesens, dass es ihr glückte. Die schwarz umrandete Brille war verschwunden und gab den Blick auf seine faszinierenden dunklen Augen frei. Sein markantes Gesicht wirkte ohne die Ablenkung durch die schweren Brillengestelle noch attraktiver.

Fane trug ebenfalls figurbetonte Yoga-Kleidung. Sie konnte nicht verhindern, dass sie seinen Körper begutachtete, als er sich ihr näherte und verschlang seine kräftigen Arme und seine Brust. Die kunstvollen Tätowierungen, die sie als unprofessionell abgetan hatte, wirkten auf seiner nackten Haut geradezu hypnotisierend. Ihr Blick sank hinunter, als ihr Körper augenblicklich auf seine Anziehungskraft reagierte.

Der Anblick wurde immer besser. Fane's Shorts klebten an den definierten Muskeln seiner Oberschenkel. Sie riss ihren Blick von dem Paket zwischen ihnen los, um festzustellen, dass sich die Tinte auch an seinen Beinen fortsetzte. Ein unwiderstehliches Verlangen, die Muster mit ihrer Fingerspitze oder besser ihrer Zunge nachzuzeichnen, überkam sie. Sie riss ihren Blick von seinen kräftigen Waden los und sah ihn ungläubig an. In seiner Arbeitskleidung steckend war es offensichtlich, dass er in Form war, aber sie hätte sich nie träumen lassen...

Als er ihre Seite erreichte, beugte sich Fane leicht vor und flüsterte: „Hab ich's Ihnen doch gesagt!"

Als sie ihn ausdruckslos ansah und versuchte, ihre Gedanken zu ordnen, um herauszufinden, was er meinte, fügte Fane hinzu: „Ich habe Ihnen gesagt, dass alles passen würde."

„Das haben Sie", gab sie zu und versuchte krampfhaft, sich zu beherrschen, um eine normale Unterhaltung mit Fane zu führen. Sie konnte nicht verhindern, dass sich ihre Mundwinkel amüsiert nach oben bogen und sie wusste, dass sie lächelte, als sich seine neckischen Worte in ihrem Kopf festsetzten und sie daran erinnerten, dass dieser umwerfende Kerl ihr lebenslustiger Verwaltungsassistent war.

„Kommen Sie schon. Ihre Matte ist hier vorne." Fane nahm ihre Hand und führte Elaine zu der Matte in der Ecke der ersten Reihe. Andere hatten sich bereits auf einen Platz gesetzt oder rollten ihre Matten aus.

„Wo ist Ihre Matte?", fragte sie und suchte nach einer anderen leeren Matte.

„Ich bin da drüben." Fane deutete auf die Matte, die am vorderen Ende des Raumes lag, mit ein paar Gegenständen in Armreichweite.

„Sie sind der Lehrer?", quietschte sie.

„Ich verspreche, Sie nicht umfallen zu lassen. Setzen Sie sich auf Ihre Matte. Wir fangen gleich an."

Fane strich ihr mit der Hand über den Arm, bevor er wegging, um die anderen zu begrüßen, die hereinkamen. Elaine musste zugeben, dass das Bild, das er beim Weggehen bot, genauso erregend war wie die Ansicht von vorne. *Vielleicht.*

Sie riss ihren Blick von seinem durchtrainierten Hintern los und sah sich schnell um, bevor sie dem Beispiel der anderen folgte und sich im Schneidersitz auf ihrer Matte niederließ. Elaine konzentrierte sich auf ihre Matte und versuchte, ihre Gedanken zu beruhigen. Dies schien der richtige Ort dafür zu sein.

„Hallo, Ms. Rivers." Die Frau auf der nächsten Matte beugte sich leicht vor, um sie zu begrüßen.

„Hallo. Tammy, nicht wahr? Sie arbeiten in der Apotheke?"

„Das tue ich, und Sie liegen fast richtig. Ich bin Tess. Meine Mutter mochte einen alten Film, in dem eine Contessa vorkommt. Sie hasst es, dass ich mich bei meinem Spitznamen nenne."

Fane ersparte es Elaine, sich bei ihr für den falschen Namenstipp entschuldigen zu müssen, indem er mit dem Kurs begann. „Also gut,

Leute. Macht es euch bequem und beginnt zu atmen. Schließt die Augen und lasst alle Sorgen des Tages verschwinden."

Seine tiefe, melodische Stimme zwang sie, seinen Anweisungen zu folgen. Elaine drückte ihre Augenlider zu und versuchte, seinen Anweisungen zu folgen. Tief einatmen und ausatmen. Stille erfüllte den schwach beleuchteten Raum, abgesehen von dem lauten, rauschenden Atem der Menschen um sie herum. Elaines Sauerstoffstrom durchdrang den Raum und passte sich dem Beispiel an, das sie umgab.

Elaine saß einige Augenblicke lang still da und fragte sich, wie viele Menschen wohl einschliefen, wenn sie einfach so dasaßen. Eine leise Bewegung ließ sie die Augen öffnen und über ihre Schulter schauen. Sharon kniete nieder, um ihre Matte neben Knox in der letzten Reihe auszurollen. Sie beobachtete, wie er Sharon diskret half, ihre Matte gerade zu richten, bevor er ihr das Knie tätschelte, als die ehemalige Assistentin des Geschäftsführers auf der Unterlage Platz nahm.

Fane stellte sich neben Elaine, was ihre Aufmerksamkeit erregte und sie erinnerte sich daran, dass sie die Augen geschlossen halten sollte. Elaine schlug ihre Augenlider wieder zu und drehte sich zurück, um wieder geradeaus zu schauen. Sie spürte, wie die Wärme seines Körpers auf sie abstrahlte. Elaine atmete ein und genoss den Duft, der Fane den ganzen Tag über umgeben hatte. Ein sauberer, männlicher Duft - kein Parfüm oder stark parfümierte Körperpflegemittel.

Sie rutschte auf ihrer Matte hin und her und spürte, wie sie feucht wurde. Elaine versuchte, ihren Geist zu zwingen, sich auf etwas anderes als ihn zu konzentrieren.

„Fangen wir an, uns zu bewegen", wies Fane an und stellte sich auf seine Matte. „Kommt ans obere Ende eurer Yogamatte."

Fane ließ sich athletisch auf seine Hände und Knie fallen und demonstrierte die Haltung. Er führte die Klasse durch eine Reihe von Bewegungen, die ihre Wirbelsäule auflockerten.

Ich bin doch sicher nicht so feucht, dass sie es sehen können, oder? Elaine warf einen Blick hinter sich, um zu sehen, ob die Person hinter ihr sie beobachtete. Sie drehte sich wieder um und begegnete dem verwirrten Blick von Fane.

„Tut mir leid!", murmelte sie.

Es ist dunkel. Keiner kann es erkennen.

Seine langsamen Bewegungen verstärkten sich. Die Klasse erhob sich, um den Anweisungen von Fane zu folgen und ging in einer langen, langwierigen Abfolge von einer Pose zur nächsten. Die scheinbar leicht zu haltenden Positionen trieben ihr Schweißperlen auf die Stirn, als sie mehrere Minuten lang stillhielten. Ihre Muskeln zitterten unter der Anstrengung und Elaine begrüßte Fanes Berührung, die sie sanft in die richtige Haltung brachte. Seine Korrekturen machten nichts einfacher, aber sie fühlten sich besser an. Ihre enganliegende Kleidung passte perfekt zu der Übung. Sogar in der kopfüber Pose, dem so genannten „Herabschauender Hund", blieb ihr Hemd an seinem Platz und ihre Hose rutschte nicht nach unten.

„Es ist Zeit für unsere Königsstellung. Wir werden mit der Arbeit an der Krähe beginnen."

Mehrere Stöhngeräusche ertönten um sie herum. Elaine sah sich ängstlich um. Aus der hinteren Ecke des Raumes ertönte das Flüstern einer Mitteilung. Das Telefon von jemandem hatte gerade geklingelt. Ihr Blick richtete sich auf Sharon, als die ehemalige Verwalterin von ihrer Matte rutschte.

Unbeholfen rollte Sharon die Matte zusammen, sah auf und rief der Klasse ein leises „Entschuldigung" zu, bevor sie die Matte in einem unordentlichen Bündel zusammenrollte und aufstand. Ihre Hand legte sich kurz auf Knox' Schulter, als er sich ebenfalls erhob. Der große Mann nickte und blieb auf seiner Matte stehen.

Fane ergriff das Wort und lenkte die Aufmerksamkeit aller zurück in den vorderen Teil des Raumes, als er mit der Erklärung der Pose begann und dabei fast das leise Schließen der Tür überdeckte. Elaine konzentrierte sich auf die Worte von Fane, als er die Klasse durch die Schritte zum Erreichen der Armbalance führte.

Während sie zuschaute, ging Fane aus der Hocke mit auf dem Boden abgestützten Händen in den Stand über und hob die Füße an. Er balancierte sein Gewicht auf den weit gespreizten Fingern, während seine Schienbeine gegen die Rückseite seiner Arme drückten. Er schwebte mit den Zehen über dem Boden, während er davon sprach, dass man seine Körpermitte benutzen müsse, um die Pose zu halten.

Elaine sah ihn an und nickte, als sie die Herausforderung annahm. Sie hatte ihre Position bei Edgewater Industries nicht erreicht, indem sie es sich bequem gemacht hatte. Wenn er das konnte, konnte sie es auch.

Sofort warf sie ihren Körper in die Position und fiel nach vorne, nur um sich im letzten Moment mit einer hastigen, vorbeugenden Handbewegung vor ihrem Gesicht aufzufangen. Was? Bei ihm hatte es so leicht ausgesehen. Sie versuchte es noch einmal und fing sich dieses Mal an einem Unterarm ab.

„Hören Sie auf, die Pose zu erzwingen, Elaine. So etwas braucht Übung. Die meisten Schüler versuchen ,Die Krähe‘ mehrere Male, bevor ihr Geist und ihr Körper sich so verbinden, dass es möglich ist“, warnte Fane sie in einem sanften, vertrauten Ton.

„Lass uns den ersten Schritt machen.“ Er führte sie durch die ersten Schritte und ließ sie üben, ihre Hüften mit ihrer Rumpfmuskulatur zu heben, anstatt zu versuchen, mit roher Gewalt das Gleichgewicht mit ihren Armen zu halten.

Elaine übte hartnäckig weiter und war fest entschlossen, die Position zu meistern. Sie schaute sich um, um die Fortschritte der anderen zu beurteilen. Sarahs Gesicht war rot und schweißüberströmt. Sie sah, wie Sarah einen Fuß vom Boden abhob, bevor sie wieder auf der Matte zusammensackte.

„Ich habe es geschafft! Ich habe einen Fuß hochgehoben!“, verkündete sie triumphierend.

Die Leute um sie herum hielten in ihren Versuchen inne, um mit ihr zu feiern. Sie ermutigten sie, es noch einmal zu versuchen. Diesmal stand Fane hinter ihr, als sie den aufregenden Erfolg wiederholte.

„Das war‘s! Du schaffst es. Denk daran, deine Knie fest zusammenzudrücken, um dich zu stützen. Der zweite Fuß wird bald in der Luft schwingen“, ermutigte er sie und lachte freundlich, als Sarah auf die Matte sank. „Und atmen. Du darfst nicht aufhören zu atmen.“

„Das merke ich mir irgendwann mal“, keuchte Sarah.

Elaine machte weiter, bis Fane zurückkam und mit einer Hand über ihren Rücken strich. Frustriert blickte sie zu ihm auf. „Ich kriege es nicht hin."

„Sie sind erschöpft. Hören Sie erst einmal auf. Geben Sie sich etwas Zeit, um mehr zu lernen und es wird möglich sein", riet er ihr.

„Ich gebe nicht auf", sagte sie und schüttelte den Kopf.

„Sie geben nicht auf. Sie warten darauf, an einem anderen Tag weiter zu üben."

Als sie sich umsah, bemerkte sie, dass viele Leute geduldig auf ihren Matten saßen, während die letzten Teilnehmer noch einmal „Die Krähe" versuchten. Elaine setzte sich in den Schneidersitz. Sie beobachtete, wie Fane seinen Platz auf der Matte wieder einnahm.

Er führte sie durch die letzten Dehnungen des Kurses bis zur Entspannungslage auf dem Rücken. Während sich alle auf ihrer Matte ausruhten, kämpfte Elaine darum, wach zu bleiben. Ein paar zufällige Schnarcher und Schnauben zeugten davon, dass andere vor einer ähnlichen Herausforderung standen. Als sie den Kopf hob, begegnete sie Fanes Blick, der die Klasse beobachtete. Ein warmes Gefühl erfüllte ihren Unterleib. Es war keine Erregung, sondern das Gefühl, umsorgt zu werden. Fane passte auf sie auf. Das gefiel ihr sehr.

KAPITEL 5

Die Kurs-Teilnehmer hatten ihre Matten nach Beendigung des Kurses zusammengerollt und sprachen leise miteinander. Während Fane damit beschäftigt gewesen war, sich mit seinen Schülern zu unterhalten, hatte sie ihre Geschäftskleidung aus dem Spind geholt. Da sie sich nicht traute, die dehnbaren Yogaklamotten gegen das maßgeschneiderte Outfit zu tauschen, hängte sich Elaine ihre Bürokleidung über den Arm und verließ den Umkleideraum.

Fane hatte auf sie gewartet und sich an die angrenzende Wand gelehnt. Die enganliegende Yogakleidung betonte seinen athletischen Körperbau in dem helleren Licht noch stärker als zuvor. Er drückte sich von der Wand ab und schloss zu ihr auf.

Sie gingen schweigend zum Aufzug. Während sie auf die Ankunft des Fahrstuhls warteten, sagte sie: „Der Unterricht war interessant. Ich hätte nicht erwartet, dass Sie der Lehrer sein würden."

„Wie fühlt sich Ihr Körper?", fragte er.

Die seltsam formulierte Frage ließ sie aufhorchen. Elaine zuckte mit den Schultern und drehte den Kopf. Bevor sie antworten konnte, öffneten sich die Türen und sie traten ein. Automatisch drückte sie ihre Hand auf das Pad, um ihr Stockwerk auszuwählen. Fane drückte den Knopf in der Lobby.

Als der Aufzug losfuhr, antwortete sie: „Gut. Ich fühle mich gut."

Die Wahrheit erschreckte sie. Der größte Teil der Anspannung war aus ihren Muskeln gewichen.

„Perfekt. Da bin ich aber froh."

Als ihr Fußboden erschien, stieg sie aus und drehte sich zu Fane um. „Ich danke Ihnen." Sie strich mit einer Hand über ihre Kleidung. „Ich werde Sie morgen entschädigen."

„Nicht nötig. Daddys kümmern sich gern um die Kleinen."

Die Tür hatte sich zwischen ihnen geschlossen, bevor sie antworten konnte. Nachdem sie den kurzen Weg zu ihrer Wohnung zurückgelegt hatte, schloss Elaine ihre Tür auf und trat ein. Sie schnappte sich einen Apfel und ein paar Käsestangen und mampfte ihr leichtes Abendessen, während sie ihre Kleider aufhängte und sich abschminkte. Sie zog ihre Yogakleidung aus, legte sie in den Wäschekorb und schwor sich, mehr davon zu bestellen.

Fanes markantes Gesicht sprang ihr währenddessen unaufhörlich in den Sinn. Selbst jetzt, als sie in den Spiegel starrte, verzog sich ihr Mund zu einem schockierten Ausdruck. Er meinte doch nicht etwa ... Oder etwa doch?

Als sie geduscht und sich die Zähne geputzt hatte, hatte Elaine sich davon überzeugt, dass sie sich verhört hatte. Sie suchte in ihrem Kopf nach einer Alternative, die so klang wie: „Daddys kümmern sich gern um die Kleinen."

Vielleicht hatte er gesagt: „Das ... die kümmert nicht, die Kleinigkeit."

Okay, das ist lächerlich. Niemand würde das so ausdrücken. Er wusste es nicht, oder? Nein, das konnte er nicht. Das wäre verrückt.

Vielleicht ... „Die Krähe kümmert nicht im Geringsten." Oh, das ergab durchaus Sinn. Er hatte vom Yoga gesprochen.

Nachdem sie das Licht ausgeschaltet hatte, kletterte sie ins Bett, um den Börsenbericht des Tages zu sehen. Als sie es sich in der weichen Bettwäsche bequem machte, umarmte und küsste Elaine ihr Plüschtier aus Kindertagen, das auf ihrem Kopfkissen wartete. Ballsys Fell war im Laufe der Jahre verblasst. Die Linien, die seinen Panzer darstellten, verschmolzen jetzt zu einem unscharfen Farbton. In Elaines Augen war er so schön, wie er es immer gewesen war.

Vor anderen würde sie nie zugeben, dass sie immer noch mit

dem Stofftier schlief. Die Leute würden es nicht verstehen. Elaine wusste, wie wichtig er war. Nur weil sie größer geworden war, bedeutete das nicht, dass Ballsy nicht mehr zur Familie gehörte. Außerdem war es Ballsy, der sie immer daran erinnerte, schlafen zu gehen, wenn sie sich zu sehr in die Wirtschaftsberichte im Fernsehen vertiefte.

E laine kleidete sich so professionell wie möglich und trug mehr Make-up auf als sonst, um das Image zu wahren, das sie vermitteln wollte. Sie nahm die Aktentasche, die sie nie wirklich nutzte und schritt ein paar Minuten später geschäftig durch die Eingangshalle und über die Grünfläche zum Gebäude A.

Mit einem fröhlichen „Guten Morgen" an die Mitarbeiter, an denen sie vorbeiging, machte sich Elaine direkt auf den Weg in ihr Büro, um den letzten Teil des Berichts zu erledigen. Als sie in ihrer Eingangstür stehen blieb, erblickte sie Fane an seinem Schreibtisch mit hochgekrempelten Manschetten. Ihr Blick wanderte über die farbenfrohen Tätowierungen hinweg, die sie an seinen Auftritt in den freizügigen Yoga-Klamotten von gestern Abend erinnerten. Den würde sie nie vergessen können.

„Guten Morgen, Fane. Keine Unterbrechungen, bitte. Ich werde die Berichte heute fertigstellen", erklärte sie und steckte damit ihre Erwartungen für den Tag ab.

„Verstanden, Chefin. Betrachten Sie mich als Ihren Wachhund."

„Danke, Fane."

Elaine drehte sich um, um in ihr Büro zu gehen und zuckte zusammen, als ein tiefes Bellen hinter ihr ertönte. Elaine wirbelte herum, um ihren Verwalter anzustarren und war völlig sprachlos.

„Wuff!" Fane wiederholte das tiefe Bellen mit einem Grinsen.

Kopfschüttelnd ging Elaine in ihr Büro. Sie ließ sich an ihrem Schreibtisch nieder, schaltete ihren Laptop ein und machte sich an den Bericht. Als Fane nach ein paar Stunden auftauchte, erlaubte sie ihm, mit ihr in den Dachgarten zu gehen, um frische Luft zu schnappen. Zum Glück blieb er stumm und erlaubte ihr, weiter über die Daten nachzudenken, die sie zusammengestellt hatte.

„Das ist es!", verkündete sie und wirbelte von der atemberaubenden Aussicht am Rande des Gebäudes weg. „Ich wusste, dass ich etwas übersehen habe."

Ohne nachzudenken, ergriff sie seine Hand und zerrte Fane zurück zum Aufzug. Die Worte sprudelten nur so aus ihrem Mund. „Fane, uns fehlt das entscheidende Stück. Irgendwo in meinem Büro liegt ein Bericht, der den Bericht des Vermessungsingenieurs über das neue Grundstück enthält, das Edgewater Industries für die Erschließung in Betracht zieht. Ich weiß, dass es einige zusätzliche Vorteile beinhaltet, die ich in dem Bericht übersehe."

„Erinnern Sie sich an den Namen des Vermessungsunternehmens?"

„Es war nicht unser üblicher Partner. Ich hatte die gewohnten Pfade verlassen, um die Sache unter Verschluss zu halten. Außerdem wollte ich mich vergewissern, dass die Berichte, die wir erhalten haben, auch wirklich stimmen."

„Sie waren misstrauisch?"

„Nicht aus konkreten Gründen", gab sie zu, als sich der Aufzug auf ihrer Etage öffnete.

„Aber irgendetwas hat Ihrem Bauchgefühl widersprochen?", fragte er mit einer hochgezogenen Augenbraue, als sie zu ihren Büros gingen.

„Ja. Ich habe mir nicht viel dabei gedacht, als der Bericht kam, aber ich glaube, jetzt, wo ich alle Teile für den Bericht zusammensetze, hat es bei mir Klick gemacht."

„Dann lassen Sie uns mal suchen. Suchen wir nach gedruckten oder digitalen Formularen?" Fane sah sich im Empfangsbereich um und betrachtete die ordentlich geordneten Aktenschränke, an denen er hart gearbeitet hatte.

„Sowohl als auch. Können Sie nach dem Ausdruck suchen, während ich die Dateien auf meinem Computer durchsuche?"

Fane streckte seine Hand mit der Handfläche nach unten aus. Als sie ihn verwirrt ansah, bemerkte er: „Sie haben nie Football gespielt, was?"

„Nein?", gab sie zu, verwirrt über den Themenwechsel.

Unbeirrt nahm Fane eine ihrer Hände und legte sie über seine, die immer noch in der Luft lag. Er legte seine freie Hand über die ihre, so dass ihre Hand zwischen seinen Händen lag, während er nickend auf ihren anderen Arm wies. Als sie ihre Hand zögernd auf seine legte, wippte er den Stapel wiederholt auf und ab und drückte ihn zum Abschluss noch einmal nach unten.

„Packen wir's an!", rief er.

Als Elaine ihn entgeistert anstarrte, winkte er sie in Richtung ihres Büros. Gehorsam drehte sie sich um, um ihn über ihre Schulter zu sehen und stolperte, bevor sie sich wieder fangen konnte. Fane, über eine Aktenschublade gebeugt, war ein sehr zerstreuender Anblick. Elaine schüttelte ihre abschweifenden Gedanken ab, zwang sich in ihr Büro und schloss sich der Suchaktion an.

„Merken Sie sich, wo Sie sind", wies Fane zwei Stunden später von der Tür aus an. „Es ist Zeit für das Mittagessen."

„Ich hole mir später etwas", antwortete sie geistesabwesend.

„Nö. Jetzt."

Elaine blickte zu ihm auf, kommentierte abweisend und unterstrich ihre Worte, während sie auf jeden von ihnen zeigte. „Chefin, Assistent."

Fane schüttelte den Kopf und ging zur Bürotür hinüber. Er schloss die Tür und verriegelte sie, bevor er sich wieder zu ihr umdrehte. „Die letzte Chance, eine Pause zu machen. Sie wissen, dass Sie sie brauchen."

„Später." Sie winkte mit der Hand ab, bevor sie sich wieder ihrem Laptop zuwandte.

Elaine spürte seine Anwesenheit neben sich, bevor er ihren Stuhl vom Schreibtisch wegzog. Sie drückte ihre Fersen in den Teppich und bereute es, ihre unbequemen Pumps ausgezogen zu haben, als die rauen Fasern ihre Haut verbrannten. Sofort hob sie die Füße, um sich nicht zu verletzen, als er ihren Chefsessel vor einen der Besucherstühle vor ihrem Schreibtisch schob.

„Ich bin beschäftigt", protestierte sie, als er sich nur wenige Zentimeter von ihr entfernt setzte.

„Sie sind immer beschäftigt, Kleines Mädchen. Außerdem leiden Sie an Gedächtnisschwund. Erinnern Sie sich daran, wie viel Sie gestern geschafft haben, als Sie für eine Weile aus dem Büro verschwunden sind?"

„Meinen Sie nicht Chefin?", fragte sie und kniff die Augen zusammen, um nicht bei den Worten „Kleines Mädchen" in Panik zu geraten. Er durfte es nicht wissen.

„Nein. Ich habe mich korrekt ausgedrückt", antwortete Fane leichthin. „Wir werden ein paar Richtlinien aufstellen, Elaine."

„Wenn ich mit dem Bericht fertig bin, können wir alles besprechen, was Sie in Bezug auf die Arbeit und Ihre Position hier besprechen möchten."

Als würde er ihre geschäftlichen Vorbehalte ignorieren, entgegnete Fane: „Das Letzte, worüber wir reden müssen, ist die Arbeit. Sie sind unglaublich gut in Ihrer Position und ich verfüge über professionelle Fähigkeiten, die Sie bei der Einhaltung Ihrer Arbeitsziele unterstützen und befähigen können. Wann ist der Bericht fällig?"

„Ich muss ihn Easton am Tag vor dem Treffen zukommen lassen. Das heißt, der letztmögliche Zeitpunkt ist in zwei Tagen. Das spielt keine Rolle. Ich möchte ihn heute fertigstellen."

„Wir setzen die Frist auf in zwei Tagen fest. Es spricht nichts dagegen, dass Sie heute fertig werden, aber wir müssen das Dokument finden. Das heißt, dass ich durch Zufall darauf stoßen muss oder Sie sich an etwas erinnern müssen, das uns hilft, es zu finden."

„Also müssen wir weitersuchen - und keine Pause einlegen."

„Ich werde nicht zulassen, dass Sie sich in ein frühes Grab befördern."

Elaine starrte ihn an. Sekunden vergingen. „Sie haben sich nicht unter Kontrolle. Als ich das letzte Mal nachgesehen habe, stand mein Name an der Tür und in der Empfangshalle mit dem Zusatz ,Stellvertretende Geschäftsführerin'. Nicht Ihrer."

„Oh, Sie sind für das Unternehmen verantwortlich", stimmte er ihr zu.

„Dann ist diese Diskussion beendet." Elaine platzierte ihre Füße auf den Teppich und machte sich daran, sich zurück hinter ihren Schreibtisch zu rollen.

„Wie bitte?", quiekte sie und umklammerte seine breiten Schultern, als er sie mit Leichtigkeit vom Bürostuhl hob und auf seinen Schoß setzte.

„Kleine, du magst vielleicht die Chefin sein, wenn die Tür offen ist. Wenn wir allein sind, wird der Daddy in mir alles tun, was nötig ist, um dich zu beschützen. Sei es, dass ich dir den Hintern versohle, weil du nicht auf dich selbst aufgepasst hast, oder das hier." Seine Hand umfasste ihren Hinterkopf und zog sie an sich.

Sie erstarrte, als seine Lippen sanft die ihren berührten. Elaine schloss die Augenlider, um das köstliche Gefühl ganz in sich aufzunehmen und beugte sich näher, um den Kuss zu erwidern. Als Antwort darauf fuhr er mit seiner Zunge über den Rand ihrer Lippen und forderte sie auf, ihn hereinzulassen. Mit einem Keuchen öffnete Elaine ihren Mund.

Fane kostete sie meisterhaft. Seine Küsse waren langsam und tief, als er versuchte, ihr Vergnügen zu bereiten. Ganz auf sie konzentriert, schlang der mächtige Mann seine Arme um sie und drückte sie an seinen harten Körper. Sobald sie mit einem Arm an ihn gefesselt war, bewegte er den anderen Arm und streichelte ihre Wirbelsäule entlang.

Elaine konnte der exquisiten Berührung nicht widerstehen und wölbte ihren Rücken unter seinen stimulierenden Liebkosungen. Als würde sie von einer fremden Hand geführt werden, glitten ihre Hände während seiner sinnlichen Erkundung über seine wohlgeformten Muskeln und legten sich um seinen Hals. Sie verdrängte alle widersprüchlichen Gedanken aus ihrem Kopf.

Ich will das hier so sehr.

„Verdammt, Kleine", murmelte er gegen ihre Lippen. Er lehnte sich leicht zurück, riss sich seine beschlagene Brille herunter und warf sie auf ihren Schreibtisch, bevor er seine Zunge in sie eintauchte, um sie erneut zu schmecken.

Sie wollte sich für ihre hitzige Leidenschaft schämen, aber in ihrem Inneren loderte eine Flamme der Freude auf. Fane war genauso angezogen von ihr wie sie von ihm. Elaine zerrte an dem kurzen Haar in seinem Nacken, während sie sich an ihn klammerte. Nur noch ein paar Küsse und sie würde sich zwingen müssen, aufzuhören.

Als er mit seiner liebkosenden Hand ihren Po umfasste, zog sie sich zurück und sah ihn an. Elaine versuchte, den verwirrten Ausdruck, der sich in ihren Augen widerspiegeln musste, unter Kontrolle zu bringen und starrte ihn an. Was war geschehen?

„Ich weiß, Laney." Fane fuhr mit den Fingern durch ihr dichtes Haar und schob die Strähnen hinter ein Ohr. „Das geht alles sehr schnell für dich, Kleines Mädchen. Es ist beängstigend und aufregend zugleich."

„Warum duzen Sie mich und nennen mich immer Kleines Mädchen?"

Fane küsste sie auf die Lippen, eine federleichte Berührung, die irgendwie intensiver wirkte. „Ich werde nicht zulassen, dass du mich anlügst", warnte er.

Als sie zu einer Antwort ansetzte, drückte er seine Lippen noch einmal auf ihre, bevor er sie aufforderte: „Lass mich zuerst ausreden."

Sie konnte nur zustimmend nicken.

„Gutes Mädchen. Wir wissen beide, dass das Innere und das Äußere der Menschen nicht immer übereinstimmen. Der aggressivste Profi-Wrestler kann sexuell unterwürfig sein. Die am wenigsten extrovertierte Person kann ein meisterhafter Dom sein, der oder die alles verlangt."

Fane wartete, bis sie erneut nickte. „Niemand braucht diese geheime Person in sich zu kennen, außer demjenigen, der diese geheimen Wünsche wahr werden lassen kann."

„Ich will nicht ..."

„Ich darf doch ausreden, oder?"

„Ja, aber ..."

„Ich zuerst. Dann werde ich dir zuhören, Laney."

Sie nickte.

„Ich wusste schon früh, dass ich anders bin als andere Jungs in meinem Alter. Es gab einen Teil von mir, der sich um Menschen kümmern wollte - nicht um alle, nur um bestimmte Personen. Irgendetwas an ihnen hat mich angezogen. Als ich in die Pubertät kam, wurde das noch deutlicher. Als ich verschiedene Lebensstile erforschte, entdeckte ich, wer ich war."

Elaine wollte etwas fragen, konnte es aber nicht. Sie blieb still und hoffte, dass er fortfahren würde.

„Ich habe das Gefühl, dass es auch bei dir eine Weile gedauert hat, bis du es herausgefunden hast. Dein brillanter Verstand hat nicht geruht, bis du die Teile zusammengefügt hast. Ich wette, du hast ein Buch gefunden, das dich gefesselt hat. Eines, das du wieder und wieder gelesen hast, bis du nicht mehr leugnen konntest, dass du diese Rolle in dir selbst wiederfindest. Dass du eine Little bist."

Elaine schüttelte augenblicklich den Kopf, um seine Worte zu bestreiten und erstarrte, als er fortfuhr.

„Du weißt das von dir selbst, so wie ich weiß, dass ich ein Daddy bin. Als ich dich vor zwei Jahren zum ersten Mal sah, wusste ich es sofort."

„Was haben Sie gewusst?"

„Dass die starke, unglaublich intelligente Frau, die Edgewater Industries zu immer größerem Erfolg verhilft, meine Little ist. Deswegen duze ich dich und nenne dich mein Kleines Mädchen, so wie du mich bald Daddy nennen und siezen wirst."

„Ich kannte Sie vor zwei Jahren noch nicht." Sie stürzte sich auf dieses Detail, um zu leugnen, dass er recht hatte.

„Das stimmt. Ich hatte mich vor kurzem hierher versetzen lassen, um eine Stelle als Verwaltungskraft anzutreten. Ich arbeite immer hart. So bin ich nun mal. Aber als ich hörte, wie du die Firma in einer Rede angesprochen hast, wusste ich, dass ich mir die höheren Qualifikationen aneignen muss, um dein persönlicher Assistent zu werden."

„Aber ich habe Sie noch nie getroffen?", protestierte sie und suchte in ihrem Gedächtnis nach einer früheren Begegnung mit ihm.

„Nein. Wir beide waren noch nicht füreinander bereit. Aber jetzt sind wir es."

„Vielleicht haben Sie einen Fehler gemacht", versuchte sie einzustreuen, um sich ihre Maske wieder aufzusetzen.

„Jeder macht Fehler, aber das hier ist keiner. Du bist meine Little, Laney und ich bin dein Daddy. Lass deine Position und meine Position beiseite. Es gibt hier niemanden außer uns. Kannst du mutig sein und deinen Verstand und dein Herz erforschen? Kannst du es auch fühlen?"

Elaine hatte keine Ahnung, was sie sagen sollte. Ihr ganzes Leben schien auf dem Spiel zu stehen. Was würde er tun, wenn sie etwas so Intimes von sich preisgeben würde?

„Du hast mein Versprechen, Laney, dass ich dir beruflich niemals schaden werde und dass ich mein Bestes tun werde, dich auch persönlich nicht zu verletzen. Ich werde dich dazu drängen, dir einzugestehen, was du verheimlichst und mir zu erlauben, mich um dich zu sorgen. Hör auf, so viel zu denken und fühle einfach."

Seine kräftigen Hände zogen sie zurück an seine Brust. Fane hielt sie fest und schaukelte sie sanft hin und her, während er ihren Rücken massierte.

Elaine verbarg ihr Gesicht in seiner Halsbeuge und versuchte, all die schrecklichen Was-wäre-wenn-Fragen aus ihrem wirbelnden Kopf zu verdrängen. Die Wärme seines Körpers drang zu ihr durch und belebte ihre angespannten Muskeln. Die ruhige Stärke von Fane beruhigte sie auf der elementarsten Ebene. Konnte sie ihm hinreichend vertrauen? Er hatte ihr nie irgendwelche Zweifel gegeben.

„Ich nenne Sie nicht Daddy", flüsterte sie schließlich.

„Das wirst du", widersprach er und drückte sie fest an sich. „Willst du eine Pause machen? Ich muss dir etwas zeigen."

„Okay." Sie griff nach der Ablenkung. Elaine brauchte etwas, hinter dem sie sich verstecken konnte. Sie erlaubte ihm, sie wieder in ihren Bürostuhl zu setzen und hielt sich an den Armlehnen fest, während er den Stuhl hinter den Schreibtisch schob.

„Speichere deine Arbeit", wies er sie an und küsste sie auf den Kopf, als sie seine Anweisungen folgte. „Und jetzt, eine Pause!"

KAPITEL 6

Mit den perfekt passenden Turnschuhen, die Fane von irgendwoher besorgt hatte, folgte Elaine ihm aus dem Gebäude in den Sonnenschein. Sie achtete auf die Reaktionen der Angestellten, die ihren normalen Tätigkeiten nachgingen. *Hatten sie einen Verdacht?*

Niemand schien sie anders zu betrachten. Alle begrüßten sie mit der gewohnten Leichtigkeit, die das kollegiale Umfeld bei Edgewater Industries auszeichnete. Elaine versuchte, sich zu entspannen.

„Niemand schert sich darum, Laney."

Elaine schaute ihn überrascht an. „Meinen Sie, sie wissen es?"

„Jeder, der hier arbeitet, weiß, dass du mehr Stunden arbeitest und dich mehr anstrengst als jeder andere außer Easton selbst. Du wirst von allen respektiert, sogar von den Verwaltungsangestellten, die für dich gearbeitet haben. Das sagt viel aus, zumal du sie zu Tode geängstigt hast."

„Das habe ich nicht wirklich", protestierte sie. „Sie konnten nur nicht mit meinem Tempo mithalten."

Fane lachte und klopfte ihr auf den unteren Rücken, während er sie in Richtung des Weges lenkte, der zum Rand des Grundstücks führte. „Ich habe eine Überraschung für dich."

„Ich glaube nicht, dass ich Überraschungen mag", entgegnete sie, überwältigt von all dem, was heute schon in ihrem Leben geschehen war.

Sie betraten eine kleine Lichtung. Ein mächtiger Baum stand majestätisch in der Mitte der Lichtung. Seine Äste breiteten sich in alle Richtungen aus und ließen das Sonnenlicht durch die Blätter dringen. Funkelnde Strahlen durchdrangen den Schatten und schufen eine fast märchenhafte Atmosphäre.

„Wow! Ich wusste gar nicht, dass wir hier so etwas haben." Elaine drehte sich im Kreis, als sie die Mitte der geräumten Fläche erreichten.

„Ich wandere nach Feierabend gern an der Grenze des Grundstücks entlang. Als ich dieses Gebiet entdeckte, konnte ich das Potenzial erkennen, obwohl es von Unkraut und Brombeeren überwuchert war. Ein paar Bewohner des B-Turms und ihre Daddys haben hart gearbeitet, um diesen erstaunlichen Ort zu schaffen."

„Ihre Daddys?", wiederholte Elaine.

„Du weißt sicher, dass der B-Tower spezielle Wohnungen für die Littles hat, die für die Firma arbeiten und dass Easton ein Faible für Littles hat und euch alle beschützen will."

Bei den Worten „euch alle" wurde sie hellhörig. „Ich? Easton weiß über mich Bescheid?" Elaine erschrak und geriet wiederholt in Panik.

Fane zog sie an sich und umarmte sie. „Elaine, sind Ihre beruflichen Fähigkeiten heute anders als noch vor einer Woche?"

„Nein."

„Haben Sie in den letzten fünfzehn Minuten Ihr Engagement für die Unterstützung und den Ausbau von Edgewater Industries abgelegt?"

„Natürlich nicht! Das ist lächerlich", schnaubte sie gegen seine Schulter.

„Sind Ihr Little-Status bei irgendeiner Besprechung mit Easton über das Unternehmen oder Ihre Leistung als zweite Geschäftsführerin zur Sprache gekommen - jemals?"

„Nein." Elaine nahm einen tiefen Atemzug und stieß ihn stoßweise aus. „Er weiß, dass ich eine Little bin."

„Ja."

„Wie?"

„Er ist selbst ein Daddy. Er hat sehr lange nach seiner Little gesucht. Jetzt, wo er sie gefunden hat, will Easton, dass alle ihr Glück finden. Deshalb hat er mir erlaubt, als dein Verwaltungsassistent zu arbeiten."

„Piper?" Elaine antwortete, während ihr Gehirn das Puzzle zusammensetzte.

„Komm, setz dich hin und schaukle." Fane führte sie zu dem flachen Sitz, der an glatten Seilen hing, die über einen massiven, fast waagerechten Ast der massiven Eiche gespannt waren.

Mit ihren Gedanken beschäftigt, gehorchte sie seiner Aufforderung und schwebte bald in der frischen Luft hin und her. Wie verzaubert versuchte Elaine, sich diesen Ort einzuprägen. Die magische Umgebung beruhigte ihre Seele und ließ sie zur Ruhe kommen, als würde die Brise ihre irrlichternden Gedanken und Sorgen wegwehen. Fane stand hinter ihr und schubste sanft die Schaukel an. Sie konnte ihn nicht sehen, aber sie konnte seine Anwesenheit spüren. Mit einem Aufschrei stellte sie fest, dass es sie glücklich machte, ihn in ihrer Nähe zu haben.

„Fane?"

„Ja, Laney."

„So hat mich noch nie jemand genannt. Ich wurde immer Elaine genannt."

„Dann bin ich der Erste. Das macht mich glücklich. Gefällt dir der Name Laney?"

„Ja. Er ist lustig. Er klingt nach einem kleinen Mädchen."

„Ich finde, er passt gut zu dir."

Sie nickte und schaukelte ein paar Mal schweigend hin und her. Als sie das nächste Mal nach hinten sauste, drehte sich Elaine wieder um und begegnete seinem Blick, als sie vorbeischwang. Sie zwang sich, mutig zu sein und fragte: „Sie sagten, Sie wüssten schon länger, dass ich Ihnen gehöre. Warum haben Sie nichts dazu gesagt?"

„Du warst noch nicht so weit. Und um ehrlich zu sein, war ich es auch nicht. Jetzt bin ich in der Lage, deine Karriere und dein Herz zu unterstützen."

„Ich glaube nicht, dass ich bei der Arbeit Ihr Kleines Mädchen sein kann. Das müsste völlig getrennt sein, damit die Leute es nicht merken und ihren Respekt vor mir nicht verlieren", platzte Elaine heraus.

„Little zu sein ist nichts, was man in seiner Freizeit spielt. Genauso wenig wie das Daddy-Dasein. Ich verspreche dir, dass ich die Position, die du dir hart erarbeitet hast, in Ehren halten werde. Dazu gehört auch, dass ich dich im Büro siezen und mit Elaine ansprechen werde. Es sei denn, wir sind ungestört. Du bist die Expertin für das Edgewater-Geschäft und den Weg nach vorn."

„Großartig! Sie werden mir nicht vorschreiben, was ich bei der Arbeit zu tun habe", sagte sie fröhlich und schwang die Füße, um schneller zu schaukeln.

Dann dämmerte es ihr. „Warten Sie! Sie sagen mir doch jetzt schon, was ich bei der Arbeit tun soll!" Sie ließ ihre Füße sinken und scharrte mit ihnen über den Boden unter ihr, um langsamer zu werden.

„Ich sorge dafür, dass du dich um dich selbst kümmerst. Ich sage dir nicht, wie du deinen Job machen sollst. Das ist ein gewaltiger Unterschied", betonte Fane.

Es dauerte einige Schaukelrunden hin und her, bis sie schließlich zum Stillstand kam. Es war mit ihrem Stiftrock nicht möglich aus dem Sitz zu springen, als ob sie fliegen würde. Als sie endlich wieder stand, hatte Elaine seine Worte bereits verdaut.

„Doch, da gibt es einen Unterschied. Dieser könnte auch einen Konflikt auslösen, sofern meine beruflichen Verpflichtungen mit deinen Bemühungen um mich kollidieren", betonte sie.

„Dann reden wir miteinander."

„Ist das so einfach?"

„Das ist es. Bereit für den Rückweg?", fragte Fane und streckte seine Hand nach ihrer aus.

Sie ließ ihre Finger zwischen seine gleiten und lächelte, bevor sie antwortete: „Ja."

Auf halbem Weg zurück riss sie abrupt an Fanes Hand und brachte ihn zum Stehen. Ein paar andere Mitarbeiter liefen auf den Wegen, auf denen sie jetzt waren. Sie strömten einfach um sie herum.

Mit einem zufriedenen Grinsen verkündete Elaine: „Mir ist der Name der Firma eingefallen".

„Ich wusste, dass es dir wieder einfallen würde. Machen wir uns auf die Suche!" Fane drückte ihre Hand, während er auf ihren Mund starrte.

Elaine wusste, dass er sie küssen wollte, aber er hielt sich zurück. Sie hüpfte nach vorne, hob sich auf die Zehenspitzen und gab ihm einen Kuss. Diese Beziehung war entweder das Beste oder das Schlimmste, was ihr je passiert war. Als seine Arme sich um sie legten, beschloss sie, die Momente, die sie zusammen erfahren hatten, so lange zu hüten, wie ihr Daddy sie ertragen würde.

An diesem Nachmittag tippte sie die letzten Worte ihres Berichts ab. Sie schickte das gesamte Dokument vorab an Easton und schob ihren Stuhl zurück. Leise jubelnd streckte Elaine ihre Arme in die Luft.

Fane rief von der Tür aus: „Sieht aus, als wärst du fertig. Komm schon, der Wind ist perfekt und es ist nach fünf. Die Arbeit ist vorbei. Es ist Zeit, Spaß zu haben."

Er entfernte sich ein wenig, um ihr einen riesigen Drachen in seinen Händen zu zeigen. „Möchtest du Ollie steigen lassen?"

„Ist das ein Oktopus?", fragte sie, ungläubig über die Luftschlangen, die in einem bunten Durcheinander über seine Arme flossen.

„Aber natürlich! Was könnte Ollie sonst sein? Eine Giraffe?", scherzte er.

Elaine lachte über seine feste Überzeugung, dass ein Oktopus einen viel passenderen Drachen abgäbe als eine Giraffe und sprang auf. „Ich denke, wir haben uns eine kleine Auszeit verdient, während Easton den Bericht durchgeht. Ich warne Sie, ich glaube, ich bin noch nie mit einem Drachen geflogen."

„Dann ist es höchste Zeit, dass du es tust. Du musst dir Spielkleidung anziehen. Jeans und Turnschuhe sind für diese Aktivität erforderlich", kommentierte er und betrachtete ihren professionellen Bleistiftrock, die Bluse und die hohen Absätze.

„Lass mich meinen Computer ausschalten", sagte Elaine und wirbelte herum, um den Powerknopf an ihrem Computer zu drücken.

Ein paar Minuten später eilten sie in den Aufzug, den großen Drachen in den Armen, damit er nicht auf dem Boden schleifte. Fane trug die schwere Spule mit der Schnur.

„So viel Schnur brauchen wir gar nicht, oder?" fragte Elaine und starrte auf die fein säuberlich aufgewickelte Spindel.

„Das kommt auf den Wind an. Ollie ist so konstruiert, dass er weit über dem Gelände des Campus schweben kann. Jeder sollte ihn sehen können."

„Sie sind noch nie damit geflogen?", fragte sie und musterte sein Gesicht.

„Ein kurzer Testflug, um sicherzugehen, dass ich die Leine richtig befestigt habe. Ich habe ihn nur etwa drei Meter in die Luft gelassen. Die Tentakel schleiften am Boden, als er abtauchte und wieder aufstieg. Ollie hatte nur einen Vorgeschmack auf das Fliegen und will unbedingt hoch über uns schweben."

„Ich kann es kaum erwarten, ihn zu sehen", staunte Elaine und streckte einen Tentakel so weit aus, wie ihr Arm reichte. Sie versuchte, ihre professionelle Haltung beizubehalten, hüpfte aber eifrig auf den Zehenspitzen auf und ab.

Sie flitzten über die Grünfläche zwischen den Türmen A und B. In der Lobby schaute Knox von seinem Computer auf, um sie zu begrüßen.

„Hey, ihr zwei. Ich schätze, Elaine hat das Yoga überlebt", scherzte er mit einem seltenen Lächeln.

„Das habe ich. Wir warten darauf, dass Easton den Quartalsbericht durchgeht, also ..." Elaines Stimme verstummte, als sie den bunten Stoff in ihren Händen hochhob.

„Das sieht nach Spaß aus", kommentierte er. „Elaine, soll ich Fane auf die Liste der zugelassenen Besucher setzen?"

Während ihr Gesicht errötete, nickte Elaine. „Bitte, Knox."

„Verstanden. Fane, drück deine Hand auf den Sensor, wenn du zum Aufzug kommst. Ich aktualisiere deine Zugangserlaubnis und füge Elaines Stockwerk zu deiner derzeitigen Zugangsberechtigung für die Turnhalle hinzu."

„Danke, Knox." Fane steuerte Elaine zum Aufzug und befreite eine Hand, um gegen die Schalttafel zu drücken. Sofort öffneten sich die Aufzugstüren und hießen sie willkommen.

Elaine bemerkte Fanes anerkennendes Nicken gegenüber Knox, als sie eintraten. „Meinen Sie, er weiß es?"

„Knox weiß über alles Bescheid. Du musst dir keine Sorgen machen, dass er irgendwelche Geheimnisse ausplaudert. Die Informationen in seinem Gehirn sind so fest verschlossen wie... nun ja, die Schatzkammer von Fort Knox."

„Er ist auch ein Daddy, nicht wahr?"

„Das ist er", bestätigte Fane. „Und er weiß auch, wer seine Little ist."

„Wer ist es?"

„Das ist Knox' Sache, Laney. Du wirst es eines Tages erfahren. Komm, führ mich zu deiner Wohnung. Ollie wird langsam ungeduldig", teilte Fane mit und spielte, dass der Drachen in seinen Armen unruhig wurde.

„Ich bin in der 621. Da geht's lang."

Elaine führte ihn einen Flur entlang und dann nach links. Viele der Wohnungen, an denen sie vorbeikamen, hatten geschmückte Türen, so dass es festlich wirkte, als sie vorbeigingen. Vor ihrer Wohnungstür blieb Elaine stehen und entschuldigte sich für die fehlende Dekoration.

„Meine ist eine schlichte Tür. Ich habe nie die Zeit, ständig alles umzuhängen. Ich habe es anfangs versucht, aber ich habe die Winterdekoration erst im Mai abgenommen."

„Ich muss gestehen, dass meine Tür auch nicht saisonal geschmückt ist. Ich bin sicher, deine Nachbarschaft stört sich nicht daran. Manche Leute haben Spaß daran, Dinge zu dekorieren", versicherte er ihr.

„Kommen Sie rein. Ich brauche nur eine Minute, um mich umzuziehen."

Elaine öffnete die Tür und trat zuerst ein, um sich zu vergewissern, dass die Wohnung so ordentlich war, wie immer. Sie nickte, als sie es für akzeptabel hielt und wandte sich an Fane: „Sollen wir Ollie auf die Couch legen, damit er sich ausruhen kann, bevor wir mit ihm rausgehen?"

„Gute Idee."

Nachdem sie die fließenden Drachenglieder über das Sitzkissen gelegt hatte, sagte Elaine: „Meine Wohnung ist ziemlich klein. Du kannst das meiste davon sehen. Die Küche ist auf der linken Seite und mein Schlafzimmer und das Badezimmer sind durch diese Tür."

„Die Größe ist perfekt für ein Kleines Mädchen. Komm, wir ziehen dich um." Fane streckte eine Hand nach ihrer aus.

„Sie wollen mir helfen?", quietschte sie und presste augenblicklich ihre Beine zusammen.

„Nein, Laney. Du wirst mir helfen", korrigierte er sie. „Daddys ziehen ihre Littles immer an. Such dir deine Lieblingsjeans und ein T-Shirt aus deinem Kleiderschrank aus."

Elaine war froh, eine Aufgabe zu haben, auf die sie sich konzentrieren konnte und eilte in ihr Schlafzimmer und an den Kleiderschrank. Sie zog zwei Kleidungsstücke von den ordentlich aufgereihten Bügeln und eilte zurück in ihr Zimmer. Dort fand sie Fane am Fußende ihres Bettes stehen. Als sie seinen Blick zu den Kissen zurückverfolgte, wusste sie, dass er die beiden Stofftiere auf dem Bett liegen gesehen hatte - ein blaues Häschen und einen grauen Käfer mit Fühlern.

„Ich habe mich gefragt, wo er hin ist. Ich habe nicht gesehen, dass du mit ihm gegangen bist."

„Blueberry war einsam in meinem Schreibtisch, also habe ich ihn mit nach Hause genommen, damit er mit Ballsy spielen kann", erklärte sie.

„Ballsy ist ..."

„Ein Roly Poly, oder, wenn Sie es vorziehen, eine Kellerassel, Armadillidium vulgarare." Sie sprach den lateinischen Ausdruck mit der Leichtigkeit von jemandem aus, der sich diese Aussprache vor Jahren eingeprägt hatte.

„Ballsy. Der perfekte Name, denn er rollt sich zu einem Ball zusammen." Fane lächelte sie an. „Spielen die beiden gut zusammen?"

„Sie sind beste Freunde", versicherte sie ihm.

„Worüber reden sie?", fragte er, als er sie zu sich umdrehte. Fane begann, die perlmuttfarbenen Knöpfe zu öffnen, während sie antwortete.

„Ähm, sie reden über mich und andere lustige Dinge", zögerte Elaine, als er begann, sie auszuziehen. „Das kann ich machen."

„Das ist Daddys Job."

„Das ist nicht leicht", flüsterte sie, als ihr Hemd von ihrem Körper rutschte.

„Du bist eine wunderschöne Kleine, Laney", versicherte er ihr, während er ihr sanft das Hemd aus dem Hosenbund zog, bevor er ihr das Oberteil von den Schultern und von den Armen streifte.

Nachdem er es über ihr Bett drapiert hatte, drückte er ihr einen sanften Kuss auf die Lippen. „Dein formvollendeter, erwachsener Körper zieht mich genauso an, wie die Kleine in dir. Darf ich weitermachen?", fragte er.

„Ja, Daddy", flüsterte sie. Ihr Kopf driftete automatisch in den Little in ihr, sobald seine Hände ihren Körper berührten.

„Braves Mädchen", lobte er. Fane führte sie dazu, sich von ihm wegzudrehen, und er öffnete ihren schmalen Rock und ließ ihn zu Boden fallen. Fane nahm sie in seine Arme und setzte sie auf das Bett, um ihre High Heels auszuziehen.

Als Elaine ihre Arme um ihren Oberkörper schlang, um ihren Körper vor seinem Blick zu schützen, drückte Fane ihre Arme fest an ihre Seiten. „Kein Verstecken vor Daddy."

„Kein Verstecken vor Daddy", wiederholte Laney, während sie ihre Fingerspitzen unter ihre Oberschenkel klemmte, um sich selbst davon abzuhalten, die Aktion zu wiederholen.

„Das ist meine süße Kleine."

Fane belohnte sie mit einem warmen Kuss, der Schockwellen durch ihren Körper sandte. Er ist der beste Küsser der Welt! Laney erwiderte den Kuss eifrig und wünschte, er würde nie enden.

Als er an ihrer Seite entlang strich, um ihre Hüfte zu streicheln, zog Laney sich leicht zurück, um ihn anzusehen. Die Hitze, die sich in seinen Augen widerspiegelte, verstärkte die Erregung, die sich bereits in ihr aufgebaut hatte, seit sie ihre Wohnung betreten hatten. Sie wusste, dass er sie ebenso begehrte, wie sie sich zu ihm hingezogen fühlte.

„Ist dein Höschen nass, Laney? Wenn ja, dann müssen wir es wechseln, bevor wir dir deine Jeans anziehen."

Sie schüttelte energisch den Kopf, um diese Vermutung auszuschließen.

„Spreiz deine Beine, damit ich nachsehen kann", wies er sie an und ließ seine Finger mit einer federleichten Berührung über den Stoff gleiten, der sich um ihr Hüfte spannte, so dass sich ihre Innenschenkel automatisch zusammenzogen. Er wartete geduldig, bis sie seine Anweisungen befolgte.

Langsam spreizte Laney ihre Schenkel. Sie hielt den Atem an, als seine Finger die Linie zwischen ihrer Unterlippe bis zu ihrem Bauchnabel nachzeichneten. Diese lockenden Finger strichen hin und her über den Zwickel ihres Höschens. Beim Anblick dieser intimen Liebkosung, die ihr einen Schauer über den Rücken jagte, blickte sie zu ihm auf und sah, dass er sie beobachtete.

„Ich glaube, wir müssen auch das Höschen wechseln."

Sie konnte nur zustimmend nicken. Laney konnte sich nicht dagegen wehren, dass der Beweis ihrer Lust den weichen Stoff durchnässte.

„Leg dich zurück, Kleine", wies Fane sie an und stützte ihren Rücken, als sie sich auf der Matratze niederließ.

„Heb deine Hüften." Seine Finger krallten sich in die Seiten ihres Höschens und zogen es nach unten.

Automatisch drückte sie sich mit den Fersen nach oben und hob ihren Po von der Bettdecke. Laney ließ sich nach unten sinken, als sie spürte, dass der Stoff ihre Oberschenkelmitte erreichte. Sie schloss die Augen, als er ihn bis zu den Knöcheln zog, bevor er sie ganz und gar auszog. Sofort zog sie ihre Beine zusammen.

Seine Hände drückten ihre Oberschenkel auseinander. Laney öffnete ihre Augen und sah ihn überrascht an. Sie biss sich auf die Unterlippe, als seine Finger die Linie ihrer Muschi nachzeichneten. Als er sie von ihrem Körper löste, konnte sie ihre Säfte auf seinen Fingerspitzen glänzen sehen. Langsam nahm er seine schwarze Brille ab und legte sie zur Seite.

„Daddy muss sich vergewissern, dass es seiner Kleinen gut geht", erzählte Fane, bevor er leise fragte: „Bist du in letzter Zeit getestet worden?"

Als sie schnell nickte, flüsterte er: „Ich auch. Ich wollte sichergehen, dass du sicher und gesund bist. Ich habe in der Woche, bevor ich für dich gearbeitet habe, im Gesundheitszentrum einen Test machen lassen."

„Ich auch", antwortete Laney in einem kaum hörbaren Ton. „Ich meine, es ist lange her, dass ich ... mit jemandem zusammen war. Ich habe mich danach testen lassen."

Laney beobachtete, wie Fane einen warmen Kuss auf ihre Oberschenkelinnenseite drückte. Sie krallte ihre Finger in die weiche Bettdecke unter ihr, als er seinen Kopf zwischen ihre Beine senkte. Sein warmer Atem an ihrer intimsten Stelle ließ sie erneut die Augen schließen. Da sie sich verstecken und alles außer seiner Berührung ausblenden wollte, hielt Laney den Atem an, als sie ihn einatmen hörte.

„Mmm, Little Girl", murmelte er und senkte seinen Kopf, um sie zu schmecken.

Sie zuckte bei der ersten Berührung seiner Zunge zusammen und spürte, wie seine Hände ihre Innenseiten der Oberschenkel umfassten und sie festhielten. Sie erstarrte und versuchte, sich in ihrem Eifer nicht zu seinem Mund hinaufzustemmen. Zum Glück ließ er sie nicht lange warten. Mit sichtlichem Vergnügen genoss er ihren Geschmack und erforschte ihre rosa Falten, wobei er immer wieder die empfindlichen Stellen streichelte, wenn sie auf sie ansprang.

Er hob eine Hand von ihrem Schenkel, um ihren Körper zu erkunden. Nachdem er mit einer Fingerspitze über ihre durchnässte Öffnung gefahren war, um die kleine Knospe darüber zu umkreisen, steigerte Fane ihre Erregung, indem er seine Lippen um das empfindliche Nervenbündel schloss und leicht saugte. Laney stöhnte entzückt auf, als zwei Finger in sie eindrangen und ihre enge Öffnung leicht dehnten.

Seine Liebkosungen steigerten ihre Erregung weiter. Sie spürte, wie sich ihr Orgasmus immer mehr aufbaute, bis er nur noch kurz vor ihren Augen flimmerte. Als sich sein Mund von ihrem Körper löste, protestierte Laney automatisch: „Nein!", bevor sie verlegen die Hände in den Mund stopfte.

„Lass Daddy deine süßen Töne hören, Laney", forderte er, bevor er seinen Mund senkte und sanft an ihr knabberte.

Das war das Letzte, was sie brauchte. Ihr Körper brach bei der kleinsten schmerzhaften Berührung in eine Lawine der Erregung aus und umklammerte seine in ihr steckenden Finger. Sie schrie ihr Vergnügen laut in den Raum hinaus und zitterte unter ihm, während er sie streichelte und die Empfindungen, die in ihr widerhallten, noch verlängerte. Laney schmolz auf dem Bett zusammen, als er seinen Kopf wieder anhob und seine Finger löste.

Fane erhob sich aus seiner, zwischen ihren Beinen knienden Position und legte sich neben sie auf das Bett. Er nahm sie in seine Arme und hielt sie fest, während er sie sanft wiegte. „So ist es brav. Danke, dass du deinem Daddy so viel Vertrauen schenkst, dass er dich befriedigen kann."

Sie schmiegte sich an seine Schulter und genoss die Nähe zwischen ihnen. Da sie nicht wusste, was sie sagen sollte, ließ Laney sich von ihrem Daddy auf diesem unbekannten Terrain führen. Nach ein paar Minuten küsste er sie auf die Stirn und riss sie damit aus ihren Gedanken.

„Geh aufs Töpfchen, Laney. Daddy kommt in ein paar Minuten nach, um dir zu helfen, frische Kleidung anzuziehen."

Widerwillig rollte sich Laney von ihm weg und stand auf. Da es ihr unangenehm war, nur ihren BH und sonst nichts zu tragen, huschte sie ins Bad und pinkelte schnell. Als sie die Toilette spülte, erschien er in der Tür.

„Waschlappen?", fragte er.

Laney deutete auf den Schrank unter dem Waschbecken. Er öffnete die Tür und wählte ein flauschiges Stück Stoff aus. Fane drehte das warme Wasser auf und winkte sie zu sich herüber, während er den Lappen auf dem Waschbecken ablegte.

„Komm, wasch dir die Hände, Laney. Daddy wird dir helfen." Als sie sich zwischen ihm und dem Waschbecken aufstellte, drückte Fane ihr einen Kuss auf den Hals.

Sie griff nach vorne, um sich die Hände nass zu machen und hielt inne, als er etwas duftende Seife in seine Hand spritzte. Fane rieb seine größeren Hände über die ihren und schäumte die Seife auf ihrer Haut ein. „Sing das ABC-Lied, Laney. Dann wissen wir, wann die Keime alle weg sind."

Sein warmer Bariton erfüllte den kleinen Raum. „A, B, C, D, E, F …"

Beim Buchstaben G stimmte sie mit ihrem weichen Alt ein und gemeinsam beendeten sie das Lied. Laney erlaubte ihm, ihre Hände in den warmen Wasserstrahl zu führen und kicherte, als die Blasen im Abfluss verschwanden.

„Geh dir die Hände abtrocknen, Süße", wies er sie mit einem weiteren Kuss an, der sie noch mehr kichern ließ.

Als sie sich dem Handtuchhalter zuwandte, sah Laney, wie er den Waschlappen in das warme Wasser tauchte. Sie begriff allmählich. Als nächstes wird er mich waschen!

„Ich kann das", versicherte sie ihm, als er sich mit dem feuchten Tuch näherte.

„Daddys Job", korrigierte er sie. Ohne zu zögern, reinigte Fane sie schnell zwischen ihren Beinen. Er säuberte auch die Innenseiten ihrer Oberschenkel, bevor er das Handtuch aus dem Regal nahm, um ihre Haut abzutrocknen.

„Eine letzte Stelle zu Waschen", sagte er mit einem Augenzwinkern, während er sich zum Waschbecken drehte, um seinen Mund mit Wasser abzuspritzen, bevor er ihn mit dem Handtuch abtrocknete.

Sein leises Lachen beruhigte sie, als sie spürte, wie ihr Gesicht vor Verlegenheit glühte. „Ich würde deinen Duft lieber an mir lassen."

„Daddy!", protestierte sie.

„Komm schon, Laney. Ollie hat geduldig darauf gewartet, dass wir dich umziehen. Lass uns gehen." Er führte sie zurück ins Schlafzimmer und half ihr ohne viel Aufhebens in ihre Kleidung und Schuhe.

Als sie fertig war, drückte er ihr ein paar von Ollies Tentakeln in die Hand und geleitete sie zur Tür. „Lass uns einen Drachen steigen lassen."

In nur wenigen Minuten suchten sie die beste Grünfläche aus, um

Ollie fliegen zu lassen. „Da drüben ist ein Baum. Ich will Ollie nicht wehtun. Wie wäre es hier?"

„Perfekt! Wir sollten ihn ausbreiten", schlug Fane vor.

Nachdem das erledigt war, wickelte er Laneys Finger um die Stütze auf der Rückseite des Drachens. „Halte ihn über deinen Kopf und renne. Lass los, wenn der Wind ihn erwischt."

„Laufen?", vergewisserte sie sich.

„Wie der Wind", ermutigte er sie mit einem Grinsen, während er die Schnur losließ.

„Ahhhh!" Sie drehte sich um und rannte von ihm weg, während sie spürte, wie sich die Luft unter dem Drachen zusammenzog und an ihm zerrte. Nach ein paar weiteren Schritten ließ sie ihn los und klatschte in die Hände, um zu bejubeln, dass er sich in die Lüfte erhob.

„Er fliegt!", jubelte sie.

„Komm und hilf mir, die Leine freizulegen. Mal sehen, ob wir ihn höher als das oberste Büro da oben bekommen", lud Fane ein. Er hob einen Arm, damit sie zwischen seinen ausgestreckten Armen durchrutschen konnte.

Laney lehnte sich mit dem Rücken an Fane und betrachtete die Schnur im Himmel. Es gab ein paar herzzerreißende Momente, in denen es so aussah, als würde Ollie auf den Boden stürzen, aber ihr unglaublicher Daddy zog an der Spule, um ihn wieder in die Luft zu heben. Bald schwangen alle Tentakel festlich in der Luft, während sich eine Menschenmenge am Rande der Grünfläche versammelte, um auf das Schauspiel zu zeigen und sich daran zu erfreuen.

„Gut gemacht, Ms. Rivers! Fane!" drang an ihre Ohren und sie lächelte die Menge an. Es gefiel ihr, dass sie mit ihr feierten. Manchmal hatte sie sich außerhalb der engen Gemeinschaft gefühlt, als Teilnehmerin, aber nicht wirklich als Mitglied.

„Das macht so viel Spaß!", schrie sie ihm über die Schulter zu.

„Daddys wissen immer, wie sie ihre Littles zum Lächeln bringen können", flüsterte er ihr unter vier Augen zu. „Ich liebe es, dich glücklich zu sehen."

Elaine merkte, dass sie in den wenigen Tagen, seit Fane ihr Assistent gewesen war, schon mehr gelächelt hatte als in den letzten Monaten zusammengenommen. „Danke."

„Gern geschehen", versicherte er ihr mit einer diskreten Umarmung, während sie sich wieder in seine Arme fallen ließ. „Sieh mal! Ollie hat es über das Dach des Gebäudes geschafft. Glauben Sie, da oben ist jemand, der ihn winken sieht?"

„Ich hoffe doch!"

KAPITEL 7

„Können wir nochmal mit Ollie fliegen gehen?", fragte Laney, als sie in ihrer Wohnung am Couchtisch saßen und die Pizza vom Lieferservice aßen, den Knox auf seiner Kurzwahltaste gespeichert hatte. Sie hatte den Lieferwagen schon oft von ihrem Fenster aus beobachten können, aber dort nie etwas bestellt. Es war ihr zu einsam vorgekommen, sich eine Pizza nur für sich selbst liefern zu lassen.

Gemütlich im Wohnbereich sitzend, sagte Fane: „Ich glaube, das würde ihm gefallen. Was hältst du von der Pizza?" Er hob ein Stück Käsepizza aus dem Karton, um es ihr auf den Teller zu legen.

„Ich liebe sie. Sogar der Boden ist gut", antwortete sie und schob sich den letzten Rest ihres Stücks in den Mund.

„Knox kennt sich damit aus", antwortete Fane, während er sich ebenfalls ein Stück nahm. Er öffnete die kleine Packung getrockneter roter Paprika, die mit der Bestellung geliefert worden war und streute sie großzügig über den noch warmen Käse.

„Ist das nicht zu scharf?", platzte es aus ihr heraus.

„Ich mag alles mit ein bisschen Schärfe", versicherte er ihr mit einer suggestiv hochgezogenen Augenbraue.

Laney versuchte, die Hitze zu ignorieren, die sich bei seiner Andeutung in ihrem Gesicht aufbaute. Schnell nahm sie einen weiteren Bissen der Pizza. Kauend nahm sie ihren Mut zusammen. Nachdem sie geschluckt hatte, zwang sie sich schließlich zu fragen: „Was denken Sie, wird mit uns passieren?"

„Ich sehe dich in dein Kinderzimmer in meinem Haus einziehen und es zu unserem Zuhause machen. Ich möchte jeden Tag mit dir zur Arbeit gehen, dafür sorgen, dass du dich genauso fleißig um dich kümmerst, wie du für die Firma arbeitest und dich jeden Abend mit einem Lächeln im Gesicht ins Bett bringen."

Sie starrte auf seine einfache, offene Antwort. „So einfach ist das?"

„Das ist es. Genauso einfach, wie es für dich war, mich Daddy zu nennen", stichelte er.

„Das wollte ich nicht wirklich tun. Es fühlte sich einfach richtig an."

„Ich glaube, wenn wir beide ehrlich sind, fühlt sich unser Zusammensein richtiger an als alles andere."

Laney nickte, ohne ihre Gefühle überprüfen zu müssen. Es war ein absolutes Kinderspiel. Sie genoss es, mit Fane zusammen zu sein, auch wenn er nicht immer das tat, was sie von ihm wollte. Ihr Daddy ließ sich definitiv nicht von ihr kontrollieren.

„Und wie geht es jetzt weiter?"

„Wir stellen Richtlinien auf, die uns beiden helfen, das zu bekommen, was wir in unserer Beziehung brauchen."

„Und was für Richtlinien?"

„Hast du einen Block Papier hier?", fragte er. Als sie nickte, fügte er hinzu: „Hol ihn und ein paar Stifte oder Marker."

Laney nahm noch einen Bissen, sprang vor den Füßen des Couchtisches auf und lief zu ihrem Arbeitsplatz, um Papier aus einer Schublade zu holen. In einer weiteren Schublade befand sich eine Handvoll Stifte in verschiedenen Farben. „Machen wir eine To-Do-Liste?"

„Ja. Lass uns zwei Listen machen. Du schreibst die Dinge auf, die dein Daddy für dich tun soll. Ich schreibe die Dinge auf, die mein Little Girl für mich tun soll. Dann werden wir miteinander vergleichen."

„Was für Dinge?", fragte Laney, legte jedem von ihnen ein Blatt Papier vor die Nase und bot ihm eine Auswahl an Schreibutensilien an. Selbst nach ihrer Intimität vorhin wollte sie nicht mehr preisgeben, als er vorschlug.

„Ich werde eine Sache auf deine Liste schreiben, um dir den Anfang zu erleichtern. Wir können sie streichen, wenn du nicht damit einverstanden bist." Fane zog ihre Seite nach vorne und wählte einen blauen Marker aus.

D addy und Laney werden experimentieren, um herauszufinden, wie die kleine Laney sein soll.

E r schob ihr das Blatt unter die Nase und wartete.
 Laney las sich den Satz mehrmals durch. Jedes Mal wollte sie fragen, was er meinte, aber sie traute sich nicht. Schließlich blickte sie zu ihm auf.

„Benutze deine Worte, Laney. Wir müssen in der Lage sein, miteinander zu kommunizieren."

„Können Sie mir das erklären?", brach es aus ihr heraus.

„Littles gibt es in allen Formen und Größen. Außerdem identifizieren sie sich unterschiedlich, mal in dieser oder jener Altersstufe. Kannst du mir mit Sicherheit sagen, wie alt die Little in dir ist? Bist du ein Baby, ein Kleinkind, ein Teenager oder irgendetwas dazwischen?"

„Ich weiß es nicht", flüsterte sie.

„Ich auch nicht. Ich sehe sie alle in dir, zu verschiedenen Zeiten. Das werden wir vielleicht herausfinden, nachdem wir experimentiert haben. Manchmal musst du ganz klein sein in Daddys Armen und manchmal musst du unabhängiger sein, allerdings mit Grenzen."

„Wir probieren also verschiedene Dinge aus und sehen, was passiert?", fragte Laney.

„Ja."

„Ich glaube, das würde mir gefallen", stimmte sie zu.

„Ich weiß, dass mir das auch gefallen würde. Jetzt fügst du die Dinge bei, die du dir wünschst", wies er sie an.

Laney zog die Kappe eines grünen Filzstifts ab und beugte sich über ihre knospende Liste. Sie schrieb eine Zeile und strich dann ein

Wort aus, um es durch eine Alternative darüber zu ersetzen, bevor sie eine andere Farbe für den nächsten Eintrag wählte. Lässig legte sie einen Arm um ihr Blatt, um es vor seinen Blicken zu schützen, genauso wie damals, als sie ihre Antworten vor Mitschülern geheim gehalten hatte, die von ihr abschreiben wollten. Laney wusste, dass er es bemerkte, als er zu ihr hinüberschaute, aber er sagte kein Wort. Seine Seite blieb für sie offen.

D*addy hat die Kontrolle.*
Daddy braucht Laneys Fürsorge und Zuneigung gleichermaßen.
Daddy wird dich immer überwachen.

F*ane nahm einen weiteren Bissen Pizza und lehnte sich zurück, um seine Liste zu überprüfen. Er nahm seinen Marker zur Hand und änderte den letzten Teil so ab, dass er weniger bedrohlich klang.*

D*addy wird immer aufpassen, damit er sich so gut wie möglich um Laney kümmern kann.*

Das Lächeln auf seinem Gesicht verriet, dass er mit diesem Punkt zufriedener war. Er lehnte sich gegen die Kissen auf ihrer Couch und verzehrte den Rest seines Pizzastücks, während er aus dem Fenster sah. Sie wusste, dass er ihr Zeit und Ruhe gab, um ihre Liste zu beenden.

„Ist das alles, was Sie aufschreiben wollen?", fragte sie.

„Manchmal ist weniger mehr. Wir können die Dinge immer anpassen, wenn es nötig ist."

„Meine Liste wird länger sein."

„Das ist in Ordnung. Du schreibst, was ich wissen soll."

Nach einigen Minuten setzte Laney einen orangefarbenen Filzstift ab. „Ich glaube, ich bin fertig."

„Willst du zuerst über meine Liste sprechen?"

„Bitte." Sie ging auf sein Angebot ein.

„Laney wird auf ihren Daddy hören. Ich weiß, dass du nicht immer meine Anweisungen befolgen willst. Es ist wichtig für dich, dass du weißt, dass ich dir nichts mit dir machen werde, um dich vorzuführen. Ich richte mich bei allem, was ich von dir verlange, nach dem, was ich weiß, dass du es brauchst."

„Wie Pausen machen und Wasser trinken?"

„Ja, und ja. Aber dazu gehört auch, dass es Konsequenzen gibt."

„Was für Konsequenzen? Werden Sie mir den Hintern versohlen?", fragte sie halb scherzhaft, halb besorgt.

„Spankings und Littles gehören zusammen. Das ist klar. Aber es gibt auch andere Bestrafungen. Vielleicht musst du dich in die Ecke stellen. Sätze schreiben. Es gibt viele Möglichkeiten für Daddys, wie sie die Achtung ihrer Littles gewinnen können."

„Ich muss Sie tun lassen, was Sie wollen?"

„Du musst mir dabei vertrauen, dass ich weiß, was du brauchst", erklärte er sanft. „Little zu sein bedeutet, dass du dich ganz in die Obhut von jemandem begibst. Nur du kannst entscheiden, ob ich der richtige Daddy für dich bin."

„Oh", flüsterte sie. „Es fällt mir schwer, mich auf jemanden anderen als mich selbst zu verlassen."

„Ich weiß. Wir werden Zeit brauchen, um dieses Vertrauen aufzubauen. Du wirst einen gewaltigen Satz nach vorne in Sachen Vertrauen in unsere Beziehung machen müssen", erklärte er sanft.

„Das führt direkt zu meiner zweiten Leitlinie. *Daddy braucht Laneys Fürsorge und Zuneigung gleichermaßen.* Daddys mögen unbesiegbar erscheinen, aber ich muss wissen, dass du auch mit mir zusammen sein willst. Und schließlich muss ich wissen, dass du mich genauso liebst wie ich dich."

„Sie lieben mich?"

„Das tue ich. Vergiss nicht, dass ich schon seit einiger Zeit am Rande deines Lebens schwebe."

„Das kann ich Ihnen jetzt nicht sagen", gab sie ehrlich zu.

„Ich weiß. Das wirst du, wenn du soweit bist. Im Moment freue ich mich, wenn deine Augen aufleuchten, wenn ich in dein Büro komme."

„Die Arbeit macht definitiv mehr Spaß als früher", lachte sie.

„Ich habe unser Spiel heute Nachmittag auch genossen."

Sie wusste sofort, dass er sich nicht auf ihre Zeit mit Ollie bezog. „Sie haben mir das Gefühl gegeben, etwas Besonderes zu sein", sagte sie und stand auf, um sich über den Tisch zu beugen und ihn zu küssen.

Fane legte seine Hand um ihren Hinterkopf, um sie festzuhalten, während er ihren leichten Kuss zu etwas wesentlich Intensiverem vertiefte. Als er seine Lippen von ihren löste, sank Laney in ihrem Stuhl zurück, während sie versuchte, sich zu sammeln. Er hatte gerade etwas für sie getan, was kein anderer je getan hatte. Sie lachte, als er seine beschlagene Brille abnahm, um die Gläser zu reinigen.

Er ist so gutaussehend. Und er will mich.

Fane zwinkerte ihr zu, bevor er sein schwarzes Brillengestell wieder an seinen Platz schob. „Mein letzter Punkt ist offensichtlich. Daddy wird immer aufpassen, damit er sich so gut wie möglich um Laney kümmern kann."

Laney nickte. Sie wusste, dass er sie immer im Blick hatte, wenn sie zusammen waren. Diese Aussage hätte bei jemand anderem als Fane unheilvoll klingen können, aber bei ihm begrüßte sie seine Anwesenheit.

„Bist du bereit, deine Liste zu teilen?"

Laney drehte ihm das Papier zu und hielt den Atem an, als er die vielfarbigen Sätze überflog.

L aney muss wissen, dass ihr Daddy immer für sie da sein wird.
   Laney will Daddy siezen, auch wenn sie sich näherkommen.
   Laney wird lernen, den Anweisungen ihres Daddys zu folgen und sie wird die Konsequenzen tragen, wenn sie schlechte Entscheidungen trifft.
   Daddy wird Laneys Arbeitsziele und ihr Engagement unterstützen.
   Daddy wird Laney dabei helfen, das Leben zu genießen.

„I ch dachte, meine Liste würde länger werden, aber das hier fasst es ziemlich gut zusammen", erklärte sie, als er ein paar Sekunden lang nichts sagte.

„Komm, setz dich auf meinen Schoß", wies er sie an.

„Wirklich?"

„Komm her, Laney. Ich muss dich halten."

Sie stand langsam auf und umrundete den Couchtisch, der sie trennte. Er führte sie mit hilfsbereiten Händen auf seinen Schoß. Sofort schlang Fane seine Arme um sie, um sie festzuhalten. Laney neigte ihren Kopf zur Seite, als er seinen Mund an die empfindliche Haut ihres Halses schmiegte. Sie zitterte an ihm, als sie sich die Beziehung vor Augen rief, die sie gerade aufgebaut hatten.

„Ich finde es toll, dass du das in konkrete Maßnahmen für uns zerlegt hast. Ich kann dir ohne zu zögern versprechen, dass ich alles auf deiner Liste erfüllen will."

Fane neigte ihre Körper nach vorne, um die beiden Listen übereinander zu legen, bevor sie sich wieder aufsetzten. In aller Ruhe betrachteten sie die Punkte, die auf jeder Liste standen. Laney gefiel, dass sie übereinstimmten, aber nicht identisch waren.

D addy hat die Kontrolle.

Daddy braucht Laneys Fürsorge und Zuneigung gleichermaßen.

Daddy wird immer aufpassen, damit er sich so gut wie möglich um Laney kümmern kann.

Laney muss wissen, dass ihr Daddy immer für sie da sein wird.

Laney will Daddy siezen, auch wenn sie sich näherkommen.

Laney wird lernen, den Anweisungen ihres Daddys zu folgen und sie wird die Konsequenzen tragen, wenn sie schlechte Entscheidungen trifft.

Daddy wird Laneys Arbeitsziele und ihr Engagement unterstützen.

Daddy wird Laney dabei helfen, das Leben zu genießen.

F ür mich sieht das wie eine Liste aus", bemerkte er.

„Ich hätte Ihre auch schreiben können. Das ist irgendwie beängstigend", sagte sie und drehte sich um, um sein Gesicht zu sehen.

„Ich liebe deine. Besonders den letzten Punkt."

„Das kannst du gut. Ich werde zu sehr in die Arbeit verwickelt. Ich verfalle leicht in ein Muster, in dem die Arbeit zu meinem Leben wird."

Fane nickte, während er mit den Fingern durch ihr dichtes braunes Haar strich. „Mit dem ersten Punkt wirst du zu kämpfen haben."

„Nicht während der Arbeit, okay? Bei der Arbeit habe ich das Sagen."

„Du hast die Verantwortung für unsere Arbeit. Du bist weder für dich noch für mich zuständig. Daddy wird immer die Regeln machen", erklärte er.

„Ich verstehe den Unterschied nicht."

„Du legst die Ziele für dein Büro fest. Das Ausfüllen von Berichten, die Zusammenarbeit mit anderen Abteilungen, die Prognosen für künftiges Wachstum ... für all diese Dinge triffst du die Entscheidungen. Dafür zu sorgen, dass du Arbeit und Leben in Einklang bringst - das ist meine Aufgabe. Und natürlich der beste Verwaltungsassistent aller Zeiten zu sein."

„Was machen wir jetzt?", fragte sie und fuchtelte mit einer Hand in Richtung der Papiere.

„Es wird Zeit, dass du dir die Zähne putzt und ins Bett gehst. Morgen würde ich dich gern mit zu mir nach Hause nehmen, um dir dein Kinderzimmer zu zeigen und dich danach bei Daddy schlafen zu lassen."

„Das würde mir gefallen."

„Das würde mir auch gefallen."

KAPITEL 8

Als Elaine nach dem Aufwachen ihren Terminkalender überprüfte, stellte sie fest, dass ihr Chef eine Besprechung für zehn Uhr angesetzt hatte. Sofort sprang sie aus dem Bett, um so früh wie möglich ins Büro zu kommen und den Bericht noch einmal zu prüfen. Hatte er etwas Schlimmes entdeckt? Einen Fehler?

Gekleidet und perfekt geschminkt ging Elaine durch ihre Zimmer zur Wohnungstür. Beim Anblick der Listen auf dem Couchtisch hielt sie inne, bevor sie zurück in ihr Schlafzimmer ging, um eine kleine Tragetasche mit Kleidung und ihren Sachen zu packen.

Gott sei Dank ist mein bestes Kostüm faltenfrei!

Elaine ging über den Campus und grüßte andere, an denen sie vorbeikam. An deren überraschten Blicken erkannte sie, dass sie normalerweise tief in Gedanken versunken war, wenn sie ihren Tag begann. Sie hatte wohl den Kontakt mit anderen versäumt.

Als sie in ihrem Büro ankam, lächelte sie Fane an und rief: „Guten Morgen."

Er folgte ihr in ihr privates Büro und schloss die Tür. „Ich brauche einen Kuss, Kleine. Dann werde ich mich durch all die Dinge arbeiten, die heute in meinem Kalender stehen."

Eifrig schritt sie in seine Arme. Wie immer entfachten die Küsse von Fane ein Feuer tief in ihrem Inneren. Elaine presste sich gegen seinen harten Körper und versuchte, ihm so nahe wie möglich zu sein.

„Du lenkst mich von meinen Pflichten ab", neckte er sie, indem er sie ein wenig von ihm entfernte. Nachdem er ihr einen sanften Kuss auf die Lippen gedrückt hatte, entfernte sich Fane und zog sein Handy aus der Tasche. Schnell überprüfte er ihren Terminkalender.

„Ich werde heute Morgen den Bericht prüfen, um mich auf mein Treffen vorzubereiten. Können Sie dann einige Notizen für mich machen, wenn ich zurückkomme? Ich würde gerne alle Änderungen und Vorschläge überprüfen", bat sie.

„Geht klar, Chefin." Er ging aus der Tür und ließ sie offen, sodass kein Hindernis zwischen ihnen stand.

Elaine vertiefte sich in den Bericht. Sie suchte nach jedem Fünkchen Zweifel oder möglichen Fehlern. Als sie keinen fand, überprüfte sie ihn erneut.

„Chefin, Sie müssen zu Easton ins Büro, um rechtzeitig dort zu sein."

„Verdammt! Die Zeit ist mir entgangen. Danke!"

Elaine schnappte sich den Ausdruck und ihren Computer und eilte zum Büro ihres Chefs. „Machen wir uns an die Arbeit, Easton." Piper schloss die Tür, nachdem Easton ihr zugenickt hatte, und schottete die beiden vor fremden Ohren ab.

„Arbeiten die zwei immer noch?", fragte Fane drei Stunden später, nachdem er dem Weg seiner Vorgesetzten gefolgt war.

„Ich habe ihnen gerade das Mittagessen bestellt. Sie stecken mitten in den Vorbereitungen, wie sie Elaines Bericht den Aktionären vorlegen sollen", antwortete Piper.

„Und die Vermessung?", erkundigte sich Fane.

„Ich kann nichts Genaues sagen, aber ich habe heute Morgen mit Sharon gesprochen, bevor ich ihre sehr umfangreichen Akten nach dem Namen des Gutachters durchsucht habe, dem Easton vertraut."

„Das ist meine Kleine. Sie hatte Recht."

„Deine Kleine, hm?"

„Das scheint die Runde zu machen, nicht wahr?", fragte er zurück.

„Jeder hier hat seine Geheimnisse", antwortete Piper mit einem wissenden Lächeln.

„Und dir gefällt es hier genauso gut wie mir", konterte Fane.

„Das stimmt."

„Ich werde die Ordner in meinem Büro angehen. Willst du mir das Geheimnis von Sharons System verraten?", fragte er und sah sie über seine Brille hinweg an.

„Es ist alles ganz einfach. Erinnere dich einfach daran, wo du bist, und du wirst es verstehen", teilte Piper mit.

„Edgewater Industries?"

„Nein, Fane. ABC-Türme."

„Fantastisch. Mein System ist auch alphabetisch sortiert. Ich gehe jetzt und singe mir dieses dumme Lied vor – ich habe es jetzt schon satt."

„Tschüss, Fane. Komm hoch und sieh nach ihr, wann du willst. Oder ich könnte dir von Zeit zu Zeit eine Nachricht schicken?"

„Bitte schick mir eine Nachricht. Danke, dass du ihnen Mittagessen bestellt hast."

„Gern geschehen."

Fane drehte sich um und steuerte den Weg zurück zu Elaines Büro an. Er würde die Zeit so effizient wie möglich nutzen, um alles zusammenzubekommen. Manchmal mussten die Dinge erst durcheinandergeworfen werden, bevor sie sich verbessern. Er holte alle Akten aus den beiden Aktenschränken mit vier Schubladen und stapelte sie auf dem Boden zu einem geordneten Chaos.

Drei Stunden später schmerzte sein Rücken von den unzähligen Malen, die er sich gebückt hatte, aber er kam gut voran. Er hatte einen Aktenschrank in Ordnung gebracht. Und was noch wichtiger war: Fane hatte einen konkreten Plan für den nächsten erstellt. Die Anzahl duplizierter Akten war erstaunlich und unglaublich verwirrend gewesen. Er hatte eine große Anzahl von Papieren in einer leeren Kiste entsorgt, die er aus dem Personalraum geholt hatte.

„Was zum Teufel ist hier los?"

Er drehte sich zu Elaine um, die erschrocken in der Tür stand.

Fane beobachtete, wie sie zu ihm hinüberging und eine Akte von seinem Ablagestapel neben dem überquellenden Mülleimer aufhob. „Hey, Chefin. Ich hatte eine Schneeballschlacht mit dem Aktenschrank und er hat gewonnen. Sie werden nicht glauben, wie viele ...“

„Fane, diese Information sind geheim. Die können nicht einfach in den Müllcontainer wandern.“

„Ich bin wieder da, Fane. Ich bin endlich die letzte Ladung losgeworden. Was soll ich als nächstes mitnehmen?“

„Danke, Colby. Du hast dir dein Geld heute verdient. Ich glaube, das ist die letzte der doppelten Akten in dieser Kiste“, sagte Fane und deutete auf die Kiste zu Elaines Füßen. Er nahm ihr die Akte behutsam aus der Hand und legte sie zurück auf den Stapel.

„Auf keinen Fall!“ Elaine breitete ihre Arme aus und stellte sich schützend vor die sensiblen Informationen.

„Holen Sie alles, was Sie aus diesem Büro mitgenommen haben und bringen Sie es sofort zurück“, forderte sie den Angestellten mit dem Rollwagen auf.

„Ma'am, das kann ich nicht tun ...“

„Sie werden einen Weg finden“, unterbrach ihn Elaine kalt.

„Elaine, Sie verstehen das nicht“, versuchte Fane zu erklären.

„Ich verstehe, dass Ihr Job hier auf dem Spiel steht.“

Elaine wandte sich wieder an den Mann in Uniform. „Holen Sie diese Akten. Sofort!“

„Colby arbeitet in der Schredderabteilung“, sagte Fane schnell, bevor sie etwas anderes sagen konnte. „Er wird diese hier auch zum Schreddern mitnehmen, wenn Sie es ihm erlauben. Alles wird gemäß der Firmenpolitik vernichtet.“

Elaines Mund schloss sich mit einem Schnalzen. Mit einem Kopfschütteln trat sie von den Unterlagen zurück. Fane musterte sie, während Colby die Papiere aufhob und sie sicher in seinem Wagen verstaute.

„Danke, Colby. Ich weiß es zu schätzen, dass du einen Abstecher gemacht hast, um sie abzuholen. Es war mein Fehler, dass ich meine Pläne nicht mit Ms. Rivers abgesprochen habe. Sie war den ganzen Tag in einer Besprechung mit Mr. Edgewater. Wenn wir Glück haben,

haben sie sich ein paar spektakuläre Pläne ausgedacht, um unsere Gewinnbeteiligung in diesem Jahr zu erhöhen."

„Kein Problem, Fane. Ich revanchiere mich immer gern für einen Gefallen." Er schob den schweren Wagen durch die Tür und verschwand.

„Ich muss arbeiten", sagte Elaine zähneknirschend. Sie drehte sich um und ging in ihr Büro, schloss die Tür hinter sich und ließ Fane auf die hölzerne Zwischentür starren.

Er ging weiter und hielt an der Tür inne, um zu lauschen. Das Quietschen ihres Bürostuhls, das Seufzen des Ledersessels, als Elaine sich setzte und ein leises Schluchzen drangen an seine Ohren. Fane drehte den Türgriff und stellte fest, dass sie verschlossen war. Sie war wirklich unartig.

Nachdem er die Außentür verriegelt hatte, nahm Fane eine Büroklammer von seinem Schreibtisch und rollte sie auf. Mit einer schnellen Bewegung aus dem Handgelenk öffnete er die Tür und trat leise ein. Laney lag über ihrem Computer und weinte. Fane schloss und verriegelte die Tür hinter sich und ging über den Boden, um ihren Stuhl zurückzuschieben.

Ihr tränenüberströmtes Gesicht rief seine Beschützerinstinkte mit einem Brausen hervor. Fane beschloss, sie zunächst zu trösten. Die Bestrafung würde später folgen.

„Gehen Sie weg."

„Nö." Fane hievte ihren zappelnden Körper aus dem Stuhl und fixierte ihre Arme an den Seiten. Mit Leichtigkeit kontrollierte er sie, setzte sich auf ihren Platz und drückte sie an sich. Langsam spürte er, wie die Steifheit aus ihrem Körper wich, bis ihr Kopf in der Kehle seines Halses ruhte.

Er ließ ihre Arme los und strich ihr über die Wirbelsäule. „Es ist okay, Laney. Daddy ist bei dir."

„Sie werden vor mir davonlaufen. Ich versaue alles in meinem Privatleben. Es ist einfach einfacher, allein zu sein", beklagte sie sich.

„Das ist jetzt keine Option mehr für dich."

Ein Schweigen antwortete ihm. Fane wusste, dass sie so angestrengt nachdachte, dass er glaubte, die Vibrationen förmlich spüren zu können, die von ihrem Gehirn ausgingen. Er schaukelte sie langsam hin und her, damit sie sich Zeit lassen konnte.

„Sie gehen doch nicht weg? Und arbeiten für jemand anderen?"

„Die einzige Person, mit der ich arbeiten möchte, bist du - wenn du zuhörst und keine voreiligen Schlüsse ziehst."

„Ich war furchtbar. Das ist keine gute Ausrede, aber ich hatte schon so viele Assistenzkräfte, dass ich nie sicher bin, dass sie wissen, was sie tun. Und dieser Ordner enthielt wichtige Informationen."

„So wichtig, dass es drei Kopien davon gab. Jede ein bisschen anders als die andere. Mir werden die Augen bluten, wenn ich noch eine weitere Kopie finde, die irgendwo versteckt ist."

„Das ist nicht wahr." Sie blickte zu ihm auf.

„Ich glaube nicht, dass irgendjemand etwas in dem Mischmasch von Dokumenten da drin finden könnte. Deine Assistenten haben einfach eine neue Kopie gemacht, und zwar mit allem, was sie finden konnten, als du sie angefordert hast. Während du in deiner Besprechung warst, habe ich alles herausgeholt und angefangen zu ordnen. Das Durcheinander, das du da drüben gesehen hast, sind wichtige Sachen, die zurück in den Aktenschrank kommen. Colby hat alle überholten und doppelten Informationen entfernt. Er war so nett, uns im Zeitplan für die Aktenvernichtung vorzuziehen"

„Welchen Gefallen war er Ihnen schuldig?"

„Ich habe seinem Sohn ein paar Zaubertricks gezeigt und eine Show für seine Geburtstagsparty gemacht. Ich sehe super aus mit Zylinder."

„Sie zaubern?"

„Jeden Tag."

„Ich habe es so sehr vermasselt."

„Du hast nicht zugehört. Du hast die falschen Schlüsse gezogen."

„Vertrauen", flüsterte sie und erinnerte sich an das Wort von der Liste, die sie gestern Abend erstellt hatten.

„Du hast dir deine erste Bestrafung verdient. Ich werde dich nicht hier bestrafen. Ich habe noch etwa eine Stunde Arbeit zu erledigen. Du hast vorhin gesagt, dass du dir ein paar Notizen über dein Treffen mit Easton machen willst. Wir gehen, wenn wir fertig sind und kümmern uns um dein Fehlverhalten, wenn wir nach Hause kommen."

„Wollen Sie immer noch, dass ich zu Ihnen nach Hause komme?", fragte sie und sah ihn mit großen Augen an.

„Kleine Mädchen machen Fehler. Ihre Daddys bestrafen sie und alles ist vergessen. Ich werde nicht von dir weglaufen, Laney."

Fane hob sie von seinem Schoß hoch. „Mach deine Notizen fertig, dann gehen wir."

KAPITEL 9

„Es ist schön hier", lobte Laney und bediente sich dabei der
Manieren, die ihre Mutter ihr schon in jungen Jahren beige-
bracht hatte. Sie sah sich neugierig in dem lässig-gemütlichen
Haus um.

Es sah nach Fane aus. Es war sauber, aber nicht pingelig oder steif
und alles war an einem bestimmten Platz. Eine große flauschige
Decke lag über der Couch und lud sie ein, es sich gemütlich zu
machen. Auf dem Küchentisch hatte er Puzzles und Spiele gestapelt.
Am Kühlschrank hingen Magnetbuchstaben, auf denen Sprüche wie
„Spiel mehr" und „Achtung, Fastfood" standen.

Sie musterte den strammen Körper von Fane. Er sah nicht so aus,
als würde er sich von Snacks oder Fastfood ernähren.

„Ich wüsste zu gern, was in deinem Kopf vorgeht, Kleine",
kommentierte Fane und legte einen Arm um ihre Taille.

„Ach, nichts", versicherte sie ihm schnell. „Ich habe nur gedacht,
dass dieses Haus nach Ihnen aussieht."

„Das fasse ich als Kompliment auf." Er drehte sie zu ihr um und
streichelte ihre Wange mit einer Handfläche. „Dies ist ein sicherer
Ort, Laney. Du musst dich nicht an die gleichen Umgangsformen
halten, wie du sie im Büro kennst. Hier kannst du du selbst sein."

Laney nickte, während ihre Gedanken wirbelten und sie versuchte, seine Worte zu verarbeiten.

Fane fügte hinzu: „Lass mich dir eine große Führung geben."

Er winkte sie mit einer Hand durch den großen, offenen Raum. „Das ist das Wohnzimmer und der Küchenbereich. Die Waschküche ist gleich neben der Küche. Gehen wir diesen Flur hinunter. Es gibt drei Schlafzimmer: das Hauptschlafzimmer, das Gästezimmer und dein Kinderzimmer."

„Mein Kinderzimmer?"

„Das Kinderzimmer, das ich in den letzten Jahren für mein Little Girl eingerichtet habe. Ich habe es auf dich zugeschnitten, als ich dich fand. Also, ja - es ist dein Kinderzimmer."

Ein Kribbeln durchfuhr sie. Fane war sich so sicher, dass sie ihm gehörte. Es gefiel ihr.

„Da besichtigen wir zuletzt. Hier ist das Gästezimmer." Er öffnete eine Tür und gab den Blick auf ein gemütliches Schlafzimmer in Gold- und Brauntönen frei.

„Hübsch."

„Danke. Ich habe nicht oft Gäste, aber ich möchte, dass sie gut schlafen und sich hier wohlfühlen. Das nächste ist das Hauptschlafzimmer", sagte er, bevor er die Tür öffnete.

Ein riesiges Bett stand in der Mitte des Raumes. Hier waren die Farben in Blau- und Braunschattierungen gewählt. Es wirkte sehr maskulin, aber einladend. Es war nicht dunkel, aber das Licht war gedämpft, so als ob er ohne störende Lichtstrahlen besser schlafen würde.

„Es gibt ein riesiges Badezimmer mit einer großen Badewanne. Als ich eingezogen bin, musste ich den Warmwasserbereiter aufrüsten, um genug heißes Wasser für die Wanne zu haben, aber jetzt fühlst du dich darin wie die Brotscheibe im Toaster."

„Ich liebe es, in der Badewanne zu baden", lachte sie.

„Möchtest du jetzt das Kinderzimmer sehen?", fragte er und betrachtete ihr Gesicht.

Sie nickte, unfähig zu sprechen. Hin- und hergerissen zwischen dem Wunsch, es zu sehen und der Angst, sich lächerlich zu machen, wusste Laney nicht, wie sie reagieren sollte.

Fane winkte sie zurück in den Flur. Er stieß die Tür auf und bat sie hinein. "Sag mir, wenn du etwas ändern möchtest. Ich möchte, dass du hier glücklich bist."

Laney schaute sich erstaunt um und ging in die Mitte des Raumes. Am Ende des Raumes stand ein Doppelbett mit einem Haufen Kissen und flauschiger Bettwäsche, das auf der einen Seite mit einem Geländer versehen war, auf der anderen Seite war es heruntergelassen, so dass sie hineinspringen konnte. Ein kunstvoller Traumfänger mit leuchtenden Edelsteinen zierte die Wand über dem Kopfende des Bettes.

Auf der rechten Seite erstreckte sich ein großer Schrank mit Schiebetüren. Eine davon war teilweise geöffnet und gab den Blick auf ein paar Kleidungsstücke frei, die darin hingen.

„Wohnt hier schon jemand?", fragte sie.

„Nein, Laney. Ich habe ein paar Sachen für dich besorgt. Ich wollte, dass du es bequem hast. Da ist noch ein Satz Yogakleidung und ein paar Spielsachen."

„Oh!", sagte sie leise und fühlte sich lächerlich, weil sie vorschnell zu einem falschen Schluss gekommen war.

„Stell alle Fragen, die dir in den Sinn kommen. Ich hoffe, ich habe die richtige Antwort, die dich zufrieden stellt. Ich arbeite seit drei Jahren bei Edgewater Industries und wohne seit zwei Jahren hier. Ich habe mit der Einrichtung des Kinderzimmers begonnen, als ich vor etwa sechzehn Monaten meine Seite unserer Verbindung entdeckte."

„Wirklich? So lange haben Sie darauf gewartet, mich zu treffen?"

„Es war hart. Aber ich musste in der Lage sein, den Job als dein Verwaltungsassistent zu übernehmen. Ich möchte dich bei der Arbeit genauso unterstützen, wie zu Hause."

„Sie waren sehr zielstrebig."

„Ich genieße das Leben gerne, aber ich nehme die Dinge, die mir wichtig sind, sehr ernst. Du stehst ganz oben auf dieser Liste, Laney. Ich denke, es ist an der Zeit, dass wir uns über dein Verhalten heute Nachmittag unterhalten."

„Ich hätte keine voreiligen Schlüsse ziehen sollen. Ein paar Fragen zu stellen, hätte mich eines Besseren belehren können", sagte sie schnell.

„Ja. Ich bin froh, dass du schon einen besseren Umgang mit deinem Verhalten gefunden hast. Das erspart dir diesmal die Zeit in deiner Denk-Ecke." Fane deutete auf eine nicht dekorierte Ecke neben dem Schrank.

„Denk-Ecke?"

„Alle Littles brauchen Zeit, um negatives Verhalten zu verarbeiten. Ich werde dich nie in die Ecke schicken, um einfach nur dort zu stehen. Ich schicke dich dorthin, um nachzudenken. Sobald du Zeit hattest, dich zu beruhigen und einen besseren Zugang zu deinen Problemen gefunden hast, kannst du wieder rauskommen."

„Also ist jetzt alles in Ordnung?", fragte sie lächelnd.

„Nicht ganz. Jetzt muss ich mich mit deinem Verhalten befassen. Du hast gegen einen wichtigen Bestandteil unserer Richtlinien verstoßen."

„Ich habe Ihnen nicht vertraut, aber das braucht Zeit", sagte sie schnell, um ihr Verhalten zu entschuldigen.

„Das Vertrauen wird sich aufbauen", stimmte er zu, bevor er hinzufügte: „Hast du überhaupt in Betracht gezogen, dass ich vielleicht die richtige Entscheidung getroffen habe oder bist du direkt zu dem Schluss gekommen, dass ich es total verpfuscht habe?"

„Nun ... Okay, ich dachte, Sie wären wie alle anderen. Ich bin es nicht gewohnt, mich auf jemanden zu verlassen", versuchte Laney zu erklären. Selbst in ihren Ohren klang die Ausrede lahm.

„Es ist an der Zeit, das zu ändern."

Fane griff um sie herum und öffnete den Bund ihres Rocks. Als sie ihn sich vorne festhielt, damit er nicht herunterfiel, begegnete er ihrem Blick. „Laney, es ist Zeit, deinem Daddy zu vertrauen. Wie schlecht fühlst du dich, weil du mich heute Nachmittag so vernichtend angegangen bist?"

„Wirklich schlecht."

„Dann lass uns diese Schuld wegwischen. Lass sie gehen."

„Werden Sie mir den Hintern versohlen?"

„Ja."

„Ich will kein Spanking", flüsterte sie und spürte, wie sich bereits Tränen in ihren Augen sammelten. Laney blinzelte heftig und versuchte, sie abzuwehren.

„Ich weiß."

Er hielt ihren Blick unverwandt fest, bis sie schließlich ihren Griff um den dünnen Stoff löste. Als er zustimmend nickte, entspannte sie sich ein wenig. Fane hakte seine Finger in die Seiten ihres Höschens ein und kniete sich vor sie, um es bis zu den Knöcheln herunter-zuziehen.

Als sie halb nackt vor ihm stand, fühlte sich Laney plötzlich sehr klein. Sie wusste, dass sie sich nicht vor seinem Blick verstecken sollte, und verschränkte ihre Finger hinter sich. „Daddy?"

„Du bist ein sehr braves Kleines Mädchen, Laney. Daddy ist stolz auf dich. Zieh deine Schuhe aus", wies er sie an und strich mit der Hand über die Außenseite der einen Wade. Als sie den Fuß anhob, zog er ihr die Pumps aus und streifte ihr das Höschen von dem einen Fuß. Rasch widmete er seine Aufmerksamkeit ihrem anderen Bein.

Fane richtete sich sanft auf und küsste ihre Stirn. „Komm, leg dich auf meinen Schoß, Laney."

Ohne ihre Antwort abzuwarten, ging er ein kurzes Stück zu einem großen, armlosen Stuhl. Fane setzte sich und hielt ihr eine Hand hin, damit sie sich zu ihm setzte.

Es lag an ihr. *Schaffe ich das?*

Laney zwang sich, einen kleinen Schritt vorwärts zu machen und dann noch einen. Sein Blick hielt den ihren fest und ermutigte sie stillschweigend, ihre Strafe zu akzeptieren. Schließlich hatte sie ihn erreicht. Sie schluckte schwer gegen den Kloß in ihrem Hals an und lehnte sich über seinen Schoß, während er ihr half, sich in Position zu bringen. Eine seiner Hände drückte fest in ihren Rücken, während die andere über ihre entblößte Haut strich.

Bevor sie Luft holen konnte, verpasste er ihr einen kräftigen Klaps auf den nackten Po. Das Geräusch ertönte in dem stillen Raum und der Schmerz ließ sie sich aufrichten, um ihn anzuschauen.

„Das tat weh!"

Fane hob seine Hand und ließ sie wieder auf eine neue Stelle fallen, während er ruhig anordnete: „Lass die Hände auf dem Boden, Kleine."

Seine fixierende Hand wanderte weiter an Laneys Wirbelsäule hinauf, um sie wieder in die richtige Position zu bringen. Die andere

Hand fuhr fort, ihren Hintern mit stechenden Schlägen zu traktieren. Tränen stiegen ihr in die Augen, während sich ihre Haut erhitzte.

„Daddy, nein!", flehte sie.

„Du erträgst deine Strafe sehr gut, Laney. Ich bin stolz auf dich."

„Nein!", jammerte sie und wollte sich von seinem Schoß erheben, aber Fane hielt sie fest.

„Deine Prügel werden aufhören, wenn du die Züchtigung akzeptierst", sagte er sanft.

„Akzeptieren?", wiederholte sie und versuchte herauszufinden, was das bedeutete. Tränen flossen aus ihren Augen und sickerten auf den Teppich unter ihr.

Schließlich brach sie über seinem Schoß zusammen, unfähig, an etwas anderes zu denken als an das Feuer, das sich in ihrer Haut aufbaute. „Es tut mir leid!", schluchzte sie. „Es tut mir leid!"

Sofort wechselte seine Hand von der Prügelstrafe zum Reiben ihres bestraften Fleisches. „Das ist meine Kleine", lobte er.

Langsam hob er sie hoch und setzte sie auf seinen Schoß. Laney zog die Luft scharf ein, als ihre brennende Haut die feine Wolle seiner Hose berührte. Sie sackte an seiner Brust zusammen und weinte so heftig wie seit Jahren nicht mehr.

„Es ist alles in Ordnung, Laney. Alles ist jetzt wie weggewischt. Lass mich dich einfach nur festhalten", säuselte Fane ihr zu, während er sie in seinen Armen wiegte.

Laney vergrub ihren Kopf an seinem Hemd und verheddarte ihre Finger in dem Stoff. Ihr Schluchzen ließ nach, und sie rieb ihre Wangen an seinem Hemd, um sich die Feuchtigkeit aus dem Gesicht zu wischen.

„Hast du dir gerade die Nase an Daddy geschnäuzt?", neckte er sie.

„Nein", bestritt sie erschrocken. Sie setzte sich auf und sah in seine lachenden Augen. Er war nicht böse auf sie. Plötzlich verschwanden Laneys Gewissensbisse, im Büro vorschnell zu einem falschen Schluss gekommen zu sein.

Laney schlang ihre Arme um seinen Hals und drückte ihren Daddy fest an sich.

„Geht es dir besser?", fragte er.

„Ja, Daddy. Mit Ausnahme meines Hinterns."

„Ein bestrafter Hintern wird dich daran erinnern, zweimal nachzudenken. Du wirst wahrscheinlich die nächste Zeit öfter rote
Wangen unter deinen Röcken haben."

„Nein. Ich habe meine Lektion gelernt."

Laney starrte ihn an, als er gluckste. Sie war fest entschlossen, ein
braves Mädchen zu sein, um ihm das Gegenteil zu beweisen.

KAPITEL 10

„Iss noch zwei Happen", ermutigte Fane sie, als sie an der Kücheninsel saßen. Sie war zu aufgewühlt und hatte nicht viel von ihrem Abendessen gegessen.

„Ich bin fertig. Danke. Es war köstlich", lobte sie, während sie die Serviette löste, die er in den Ausschnitt ihres neuen T-Shirts gesteckt hatte. Ihre Brüste wippten. Es fühlte sich komisch an, keinen BH zu tragen, aber er hatte ihr versichert, dass sie ihn hier nicht brauchte.

„Noch zwei Happen", wiederholte er und holte sie aus ihren Gedanken zurück, bevor er ihr eine weitere Möglichkeit gab. „Oder du trinkst ein Fläschchen, wenn dir das lieber ist."

„Ein Fläschchen?", echote sie überrascht.

„Ich denke, das ist eine gute Idee. Ich räume das Geschirr weg und dann mache ich dir Daddys Spezialgetränk."

Laney starrte ihn an, als er auf die andere Seite der Kücheninsel ging, um die Spülmaschine zu öffnen. Sie erinnerte sich wieder an die Liste. Sie hatte zugestimmt, verschiedene Dinge auszuprobieren. Laney zappelte auf ihrem wunden Po hin und her und wusste, dass sie keine weiteren Bestrafungen wollte.

„Was ist dein Lieblingsreptil?", fragte er und machte sie wieder auf sich aufmerksam.

„Das ist eine schräge Frage."

„Es ist Schräge-Fragen-Zeit. Ich frage dich eine, und du fragst mich die nächste. Also, Reptil?"

„Ich mag Leguane. Ich habe ein Video gesehen, in dem einer von einem Baum gefallen ist, als die Temperatur zu niedrig wurde. Sie sind wie ich. Ich mag auch keine Kälte."

„Was gefällt Ihnen am wenigsten daran, mein Assistent zu sein?"

„Das ist keine schräge Frage. Ich lasse dich noch einmal fragen, aber lass mich zuerst antworten. Ich mag es nicht, dass ich nicht mehr tun kann, um dir den Stress deiner Arbeit abzunehmen."

„Darüber musst du dir keine Sorgen machen. Ich genieße die täglichen Herausforderungen", antwortete sie mit einem Lächeln.

„Freut mich, dass dir dein Job Spaß macht. Jetzt eine seltsame Frage", wandte er sich an sie und warf ihr einen ernsten Blick zu.

„Was tun Sie auf Ihre Erdnussbutter-Sandwiches?"

„Eingelegte Gurken."

„Eingelegte Gurken? Igitt!", rief sie aus und rümpfte angewidert die Nase.

„Hast du sie probiert?", fragte Fane mit einer hochgezogenen Augenbraue.

„Nun, nein. Aber das ist eine furchtbare Kombination", protestierte Laney.

„Wir probieren es morgen."

„Nicht mit mir!"

„Dann bleibt mehr für mich", antwortete er und schloss den Geschirrspüler.

Laney sah zu, wie er einen Schrank öffnete und einen großen Plastikbehälter herauszog, der klapperte, als er ihn bewegte. Als er ihn öffnete, reckte sie sich hoch, um hineinzuspähen. Glasflaschen und andere Dinge füllten den Behälter. Er wählte eine kleinere Flasche mit einem passenden Sauger und Ring aus.

Fane zog einen großen Zylinder aus einer Schublade im Schrank und öffnete ihn. Nachdem er eine Portion des Pulvers in den darin befindlichen Messbecher geschaufelt hatte, schüttete er es in die Flasche. Es folgten ein paar Löffel aus mehreren Gewürzbehältern und ein kleiner Schluck aus einer braunen Flasche, bevor er Milch hinzufügte, um die Flasche fast bis oben hin zu füllen.

„Ist das Ihr Haus-Rezept?"

„Warte nur ab. Superlecker." Er schraubte einen flachen Deckel auf die Flasche und schüttelte sie heftig.

Während er auf der Insel herumtanzte, sang Fane mit seinem schönen Bariton: „Schütteln, schütteln, schütteln."

Als er sie erwartungsvoll ansah und mit der Hand in ihre Richtung zeigte, sang sie mit: „Schütteln, schütteln, schütteln!"

„Mach es lecker", beendete er. „Voilà!"

Fane setzte den flachen Deckel mit dem durch den Ring gefädelten Nippel wieder auf. Er hielt sie an seinen Mund und saugte probehalber daran. „Perfekt in jeder Hinsicht."

Sie konnte nicht anders, als über sein uneingeschränktes Vertrauen in sich selbst zu lachen. „Natürlich ist es das!"

Laney sah zu, wie er um die Insel herumging und sich neben sie stellte. Als er ihr seine freie Hand anbot, nahm sie sie und ließ sich von ihrem Daddy vom Hocker des Tresens helfen. Sie folgte ihm zur Couch und ließ sich neben ihm in den weichen Ledersitz sinken, während er sie sanft in die richtige Position zerrte. Bald lag sie auf seinem Schoß und ihre Schultern wurden von einem Kissen gestützt.

„Probier' mal", schlug er vor und strich mit dem Sauger sanft über ihre Lippen.

„Daddy ..." Laneys Äußerung stockte, als er ihr die gummiartige Spitze in den Mund steckte, während sie sprach.

„Trink."

Zögernd saugte sie daran. Süße Flüssigkeit füllte ihren Mund. Sie schmeckte wie ein geschmolzener Milchshake mit einem Hauch von Zimt und Vanille.

„Mmm!", murmelte sie, als sie erneut daran zog.

„Lecker, nicht wahr?" Fane strich mit den Fingern durch ihr Haar, während er die Flasche genau im richtigen Winkel hielt, sodass sie tief Züge nehmen konnte.

„Meine Kleine ist so kostbar."

Sie strahlte ihn an und trank genüsslich. Sein Blick verließ sie nicht, als die köstliche Mischung in ihren Mund floss. Seine Liebe zu Laney leuchtete in seinen Augen. Es war, als gäbe es niemanden sonst auf der Welt - nur ihren Daddy und sie. Sie räkelte sich und machte es sich in seinen Armen noch ein bisschen bequemer. Laney genoss diese ruhige Zeit zu zweit.

Viel zu schnell war die Flasche leer. Fane setzte sie auf und lehnte sie an seine Brust. Er schaukelte sie langsam, bis sie Mühe hatte, ihre Augen offen zu halten. Bald gab sie diesen Kampf auf und schloss ihre Augen.

Etwas Warmes und Starkes stützte sie, als sie im Halbschlaf über den Teppich stolperte. Sie folgte seinen Anweisungen und benutzte das Töpfchen, wobei sie genüsslich seufzte, als ihr noch warmer Po auf den kühlen Sitz traf. Sie rümpfte die Nase über das leise Kichern, das darauf folgte, stützte sich aber mit der Schulter an ihm ab, als er ihr Shorts, Höschen und Socken auszog.

„Ich kann das", protestierte sie, als er ihr den Po abwischte.

„Du bist zu klein, Kleine. Daddy wird dir helfen."

Das leuchtete ihrem verschlafenen Verstand vollkommen ein. „Okay", murmelte sie und spürte, wie er ihr einen Kuss auf die Lippen drückte.

Als sie sich in dem schwach beleuchteten Zimmer die Zähne geputzt hatte, führte er sie zu dem riesigen Bett. Nachdem er ihr das Hemd ausgezogen hatte, zog er die Bettdecke zurück. „Zeit fürs Bett, Kleines."

Als seine Hand ihre nackten Wangen berührte, um sie ins Bett zu befördern, kroch sie in die frischen Laken und legte sich auf die Seite mit Blick auf die Mitte des Bettes. Ihr Daddy zog ihre Knie hoch und hielt sie fest, während er die Linie ihrer Muschi nachzog, noch bevor er ihren roten Po liebkoste.

„Ich werde brav sein", murmelte sie.

„Ich werde aufpassen, um zu sehen, wie brav du bist. Daddy will dich auch belohnen. Schlaf jetzt."

„Sie kommen jetzt auch schlafen", flüsterte sie, während sie sich in das weiche Kissen schmiegte.

„Bald."

Laney wachte am nächsten Morgen an seine Wärme gekuschelt auf. Der Arm ihres Daddys war über ihren Körper gelegt, ruhte direkt unter ihren Brüsten und hielt sie fest. Mit einem Blick auf die Uhr bemerkte sie die frühe Zeit und entspannte sich. Sie brauchte noch nicht aufzustehen.

Der Arm über ihr bewegte sich und Fane umfasste ihre Brust. Seine Finger glitten über den weichen Hügel und umspielten ihre Brustwarze genüsslich. Sie zuckte zusammen und wollte mehr von seinen schläfrigen Liebkosungen.

„Wer ist dieser zappelnde Wurm in meinem Bett?", fragte er und hob seinen Kopf, um sie anzusehen. „Das ist kein Wurm. Es ist eine Laney."

„Hey, Daddy", grinste sie über seine Albernheiten.

Er beugte sich über sie und drückte ihr einen Kuss auf die Lippen. „Mmm, mehr!", forderte er und zog sie an seine Brust, während er sich auf die Seite rollte. Sein Mund reizte und verführte sie mit sanften Küssen. Als sie sich ganz an ihn lehnte, vertiefte Fane den Kuss, während er ihr Becken mit einer festen Hand auf ihrem unteren Rücken an seins presste.

Sein dicker Schwanz stieß steif in die Wölbung ihres Bauches. Sie rieb sich zaghaft an ihm. Daraufhin wanderte Fanes Hand über ihren wunden Po und hob ihr oberes Bein über seine Hüfte. Er hielt sie an Ort und Stelle und schmiegte seinen Schaft eng an sie. Er drückte sich gegen sie und glitt vertraulich in ihre aufsteigende Nässe.

„Fane?", flüsterte sie, als sich sein Mund von ihrem löste. Sie war sich nicht sicher, was sie da fragte.

„Es ist okay, Kleine. Ich passe auf", beruhigte er sie und strich weiter über ihren Körper. „Bist du bereit, dass Daddy dich ganz zu seinem macht?"

„Bitte!"

Er fuhr mit den Fingern durch ihr Haar und presste ihre Lippen wieder auf seine. Er vertiefte den Kuss und erforschte das Innere ihres Mundes. Fane verschränkte seine Zunge mit ihrer, um sie dazu zu verleiten, den Kuss vollständig und begierig zu erwidern.

„Nein!", protestierte sie, als er seine Lippen von ihren löste.

„Scht!", beruhigte er sie, während er Küsse auf die empfindliche Haut ihres Halses drückte und an ihr knabberte.

Sie wand sich gegen ihn, als seine Zähne sich der Stelle an ihrer Schulterbeuge näherten. Ihre Bewegungen drückten ihre Muschi gegen seinen stählernen Schaft, was ein Keuchen über ihre Lippen brachte. Unfähig, sich selbst zu stoppen, wiederholte Laney die Bewegung, erregt von den Empfindungen.

Die Liebkosungen von Fane brachten sie dazu, sich leicht zurückzulehnen, während er glühende Küsse über ihre Schlüsselbeine und weiter nach unten verteilte. Sein Weg führte ihn ganz nah an ihre Brust heran. Laney atmete tief durch und hob sich seinem Mund entgegen. Als sich sein heißer Mund über einer Brustwarze schloss, krallte sie ihre Nägel in seine Schultern und bog ihren Rücken durch.

Langsam erkundete er ihren Körper, während er die Schaukelbewegung fortsetzte, die ihre Erregung immer höher trieb. Fane biss in die empfindliche Spitze und ließ sie zwischen seinen Zähnen rollen, was ihr einen erregenden Schmerz bereitete.

Laney erkundete seinen Körper mit ihren Händen. Sie streichelte seine Haut, die sich über harte Muskeln spannte und zupfte an dem seidigen, dunklen Haar, das auf seiner Brust wuchs. Wagemutig fuhr sie mit den Fingerspitzen die sich verengende Spur hinunter zu seinem Becken.

Gerade als ihre Finger die breite Spitze seines Schwanzes berührten, rollte sich Fane von ihr weg, was ihr wiederholt einen Schrei entlockte. „Nein!", heulte sie.

„Gleich, Laney. Ich muss dich schützen", versicherte er ihr und rollte sich zurück, um ihr einen dringenden Kuss auf die Lippen zu drücken, bevor er sich abwandte, um in der Nachttischschublade zu kramen. Er holte eine Box heraus und riss sie mit den Zähnen auf. Er kam mit einer Reihe von Kondomen zurück und riss eines heraus.

„Mach das auf", forderte er sie auf, während er die anderen unter dem Kopfkissen verstaute.

Sie kämpfte mit der Verpackung, öffnete sie und zog das bunte Kondom aus der Hülle, während Fane sich auf den Rücken drehte. Mit geübter Leichtigkeit, die Laney nicht weiter hinterfragen wollte, rollte er das Kondom über seinen Schaft.

Unfähig, sich zurückzuhalten, platzte sie heraus: „Es leuchtet im Dunkeln!"

„Schmeckt angeblich nach Maracuja."

Instinktiv beugte sie sich vor, um es zu lecken. Er hielt sie auf, indem er ihre Taille mit seinen Händen umfasste, damit sie ihre Beine auf ihm spreizte.

„Nächstes Mal kannst du es probieren. Ich muss jetzt in dir sein."

Laney nickte eifrig und wippte versuchsweise gegen ihn, was ihnen beiden ein Stöhnen entlockte.

„Rauf mit dir", befahl er und hob sie an ihrer Taille hoch. Als Laney über ihm kniete, setzte Fane mit einer Hand seinen Schwanz an ihrem Eingang an.

„Langsam, Laney", forderte er sie auf und brachte sie dazu, sich zu senken.

Sie leckte sich unwillkürlich über die Lippen und sank langsam nach unten, als sie seinen dicken Schaft in sich eindringen spürte. Ihre Hände fielen auf seine Brust, als er sie ausfüllte. Sie musste sich an seine Kraft klammern. Sie war noch nie mit jemandem zusammen gewesen, der so gut ausgestattet war wie Fane. Als ihr Becken auf seins traf, begegnete sie seinem Blick triumphierend.

„Braves Mädchen", lobte er und ließ seine Hände über ihre Schultern gleiten. Er hob seine Hüften leicht an, um tiefer in sie zu dringen.

„Ooh!", keuchte sie und spürte, wie er erneut zustieß. Jene empfindlichen Punkte in ihr erwachten zum Leben. Ihre Fingernägel gruben sich in seine Schultern, als er sich wieder bewegte. Zögernd hob sie ihr Becken ein wenig an und senkte es wieder.

„Mmm!", stöhnte sie.

„Warte ab, Laney." Seine Hände glitten von ihrer Taille über ihre empfindlichen Seiten bis zu ihren Brüsten. Fanes raue Daumen strichen über ihre erregten Brustwarzen und ließen sie erschaudern.

Ihre Zuckungen verstärkten das Feuer, das sich in ihr aufbaute. Laney konnte sich nicht erinnern, jemals jemanden so sehr begehrt zu haben. Sie erkannte bereits das Vergnügen, das er ihr bereiten konnte. Mit wachsender Geschwindigkeit bewegte sie sich über ihm. Seine Hüften hoben sich, um ihren abwärts gerichteten Stößen entgegenzukommen und endeten mit einer Drehung, die ein lustvolles Keuchen über ihre Lippen brachte. Er beobachtete sie genau und passte seine Bewegungen an, um sie genüsslich in den Wahnsinn zu treiben.

Laney verlor das Zeitgefühl, als sie ihre Körper aneinander pressten. Der Schweiß sammelte sich auf ihrer Haut und ließ ihre Hände übereinander gleiten. Sie drückte Küsse auf sein Gesicht und seine Brust, genoss seinen Geschmack und seinen Duft. Ein Höhepunkt überkam sie ohne Vorwarnung.

„Daddy!", schrie sie in den Raum, als sich seine Hände um ihre Taille schlossen und er seine Stöße verstärkte. Sein Orgasmus entfachte den ihren erneut, als er das Kondom in ihr ausfüllte.

Als sich ihre Körper beruhigten, sackte sie über ihm zusammen und spürte, wie seine Arme sie umschlossen und den Raum zwischen ihnen verschwinden ließen. Laney drückte ihm einen Kuss auf den Hals, als sie sich an ihn schmiegte.

„Ich wusste nicht, dass Sex so gut sein kann", flüsterte sie.

„Unser Liebesspiel wird nur noch besser werden", versprach er.

„Liebesspiel?", wiederholte sie, als sie seine subtile Korrektur bemerkte.

„Ja, meine Kleine." Er umarmte sie fest, bevor er ihren wunden Po tätschelte. „Jetzt muss leider eine hochrangige Führungskraft duschen und zur Arbeit gehen."

„Oh, Mist!", sagte sie panisch und schaute auf die Uhr.

„Wir haben noch Zeit. Ich werde dich später noch zum Schmusen beanspruchen", erklärte er und half ihr, sich von ihm zu lösen, bevor er aus dem Bett kletterte.

KAPITEL 11

Als sie im Büro ankam, blieben ihr nur noch wenige Minuten bis zur Sitzung mit dem Vorstand. Nachdem sie ihre Unterlagen geholt hatte, eilte Elaine zu Eastons Büro, um alle Konferenzteilnehmer zu begrüßen und ihren Platz am Tisch einzunehmen. Als die Sitzung begann, atmete sie tief ein und lächelte. Der leichte Schmerz in ihrem Hintern und das Gefühl, dass sich sein Besitz zwischen ihren Beinen wiederfand, lenkten sie vom Stress der Versammlung ab. Die Zeitnot an diesem Morgen hatte sie völlig abgelenkt.

Als sie an der Reihe war, den von ihr erstellten Bericht zu besprechen, merkte Elaine, dass ihre Präsentation beim Vorstand Anklang fand. Als sie die Ergebnisse der bereits vorliegenden Vermessung und der zweiten, von Fane in Auftrag gegebenen Erhebung miteinander verglich, beugten sich alle vor, um die aktualisierten Ergebnisse zu begutachten.

„Es besteht also die Möglichkeit einer Erweiterung. Das ist der zusätzliche Platz, den wir brauchen, um den Campus zu erweitern und das neueste Projekt, das Easton für Edgewater Industries geplant hat, zu verwirklichen", erklärte sie stolz.

Die Vorstandsmitglieder hatten eine Reihe von Fragen. Easton und Elaine hatten sich gründlich vorbereitet. Piper fütterte ihre Empfehlungen mit frisch gedruckten Dokumenten und Arbeitsblättern sowie mit Notizblöcken und Stiften, um Gedanken und Fragen zu notieren. Es schien, als hätten sie an alles gedacht. Sie konnte es kaum erwarten, zu Fane zurückzukehren und ihm von den Reaktionen der Runde zu berichten.

In der Mittagspause spürte sie eine Hand auf ihrer Schulter, als ein Stuhl hinter ihr hergezogen wurde. „Ich habe gehört, dass du sie umhaust. Nimm diese Schmerztabletten gegen die Kopfschmerzen, die du hast. Piper hat mir erzählt, dass du dir ein paar Mal die Schläfen gerieben hast. Nein, das hat sonst niemand bemerkt", versicherte Fane ihr, während er ihr zwei Tabletten unter dem Tisch reichte.

„Unterschreibe dieses Formular für mich. Alle werden denken, ich hätte deine wertvolle Unterschrift gebraucht", sagte er leise, während sie ihre Köpfe zusammensteckten.

„Das ist alles was ich soweit brauche, Ms. Rivers. Entschuldigen Sie, dass ich Sie beim Essen störe", entschuldigte er sich mit lauter Stimme, bevor er leiser hinzufügte: „Essen Sie. Sie brauchen Brennstoff."

„Danke, Fane", lächelte sie ihn an und merkte, dass der Anblick seines gutaussehenden Gesichts ihr gleichermaßen Kraft gab und die aufkommenden Kopfschmerzen vertrieb. Elaine versuchte, ihre Gesichtszüge professionell zu glätten, als sie sich umdrehte, um eine Frage des Vorstandsmitglieds zu beantworten, das neben ihr saß, als er zur Tür ging. Als er den Raum verließ, warf sie einen verstohlenen Blick auf seinen muskulösen Hintern, bevor er durch die Tür des Konferenzraums verschwand.

Verdammt, ihr Daddy war heiß.

Am Ende des Tages war Elaine erschöpft, trotz Eastons ansteckender Hochstimmung. Sie hatten es geschafft. Sie bedankte sich bei Piper für ihre Arbeit und sammelte ihre Notizen ein, um sie mit in ihr Büro zu nehmen. Easton fing sie an der Tür ab.

„Elaine, du hast heute den Tag gerettet und den Weg für Edgewater Industries geebnet, um einen entscheidenden Schritt weiter als unsere Konkurrenten zu sein. Vielen Dank für deine harte Arbeit in dieser Sache. Piper sagte mir, dass du mit mir über einen erneuten Wechsel deines Verwaltungsassistenten sprechen wolltest."

„Nicht nötig, Easton. Fane entpuppt sich als genau das, was ich in meinem Büro gebraucht habe. Wir werden zu einem wunderbaren Team."

„Ich bin froh, das zu hören. Du hast viel zu lange allein gearbeitet. Wir alle brauchen jemanden, der uns den Rücken freihält", sagte Easton vielsagend, während er einen Blick auf Piper warf, die gerade Komplimente des letzten verbleibenden Vorstandsmitglieds entgegennahm.

„Er ist definitiv nicht der, den ich mir als meinen Assistenten vorgestellt habe, aber ich kann mir nicht vorstellen, ohne ihn zu arbeiten. Er ist derjenige, der das Chaos, das meine wechselnde Aushilfe hinterlassen hatte, beseitigt hat, um den Bericht zu finden, den wir brauchten."

„Dann schulde ich ihm auch meinen Dank. Er soll morgen früh um neun zu mir kommen. Ich würde gerne mit ihm reden."

„Du wirst doch nicht versuchen, Fane abzuwerben, oder?", fragte Elaine direkt.

„Auf gar keinen Fall. Sharon lag genau richtig, als sie Piper als ihre Nachfolgerin auswählte."

„Ich mache mir Sorgen um Sharon", gestand Elaine. „Ich habe sie neulich beim Yoga gesehen, doch sie musste früher nach Hause gehen."

„Ich mache mir auch Sorgen um sie. Ihr Leben ist zurzeit sehr schwierig und ich fürchte, es wird nicht leichter werden."

Die beiden standen schweigend da und dachten ein paar Sekunden nach, bevor Easton anordnete: „Darum sorgen wir uns später. Heute Abend könnt ihr unsere Erfolge von heute feiern. Wir werden nächste Woche über euren Jahresbonus sprechen. Du hast dir deinen Lohn heute definitiv verdient."

Er klopfte ihr auf den Arm, bevor er sich entfernte, um Piper vor Mr. Thompsons Geschichten über die Anfänge von Edgewater Industries zu retten. Elaine gefiel es, wie sich seine Hand in ihren Rücken schmiegte. Ihre Nähe erinnerte sie an Fane und sie eilte aus dem Zimmer, bevor auch sie in das Gespräch hineingezogen werden konnte. Deshalb verdiente Easton die großen Summen. Er war immer der Letzte, der ging.

„Oh!" Sie keuchte, als sie Fane an der Tür gelehnt vorfand, als sie hinausging.

„Zeit zu gehen, Ms. Rivers. Sie haben einen wichtigen Termin, an den ich Sie erinnern soll. Wir haben gerade genug Zeit, um Sie zu Ihrem Taxi zu bringen", verkündete Fane, als sie sich dem Aufzug näherten.

In wenigen Augenblicken brachte er sie nach draußen und in einen wartenden Wagen. Fane drängte sie zum Einsteigen und setzte sich neben sie. Er beugte sich vor, um leise mit dem Fahrer zu sprechen.

„Wohin fahren wir?", fragte Laney.

„Erst zum Essen und dann zum Vergnügen", erklärte er, während sich der Wagen durch den Berufsverkehr der Innenstadt schlängelte.

„Wirklich? Was unternehmen wir denn?"

„Das wirst du schon sehen", antwortete Fane geheimnisvoll, während er seine Hand nach ihrer ausstreckte.

„Ich weiß nicht, ob ich Überraschungen mag", antwortete Laney und rümpfte die Nase.

„Die hier wird dir gefallen."

In einem Anflug von Zweifel lehnte sie sich an ihn zurück und beobachtete die Autos und die Menschen, die sich dort tummelten. Bald hielt der Wagen vor dem Eingang eines beliebten Fondue-Restaurants. Sie hatte es schon immer mal ausprobieren wollen, aber... es war für mehr als einen Gast ausgelegt.

„Komm schon, Laney Girl. Der Schmelzkäse wartet", drängte er, als er vom Rücksitz rutschte.

„Und Schokolade?", fragte sie und schob sich hinter ihn.

„Auf jeden Fall. Ich gehe nicht vor dem Dessert." Mit einem Zwinkern beugte er sich vor, um den Fahrer über ihre Pläne zu informieren.

Als er wieder an ihrer Seite stand, drückte Fane ihre Hand und fragte: „Fertig?"

Laney nickte. Sie war so aufgeregt. Als sie neben ihm eintrat, schaute sie sich in dem schwach beleuchteten Restaurant nach all den privaten Tischen um, die alle mit dem traditionellen Wärmestrahler in der Mitte ausgestattet waren. An ihrem reservierten Tisch ließ sie sich auf die Sitzbank gleiten und kuschelte sich dicht an ihn, während Fane sich zu ihr gesellte. Seine Hand umfasste ihr hüpfendes Knie, während er für jeden von ihnen ein Glas Weißwein bestellte.

„Ich glaube, wir müssen feiern, meinst du nicht?", fragte er, nachdem der Kellner gegangen war.

„Es ist alles so gut gelaufen", schwärmte Laney. „Easton und ich wussten, wie sie reagieren würden, wenn man ihnen die Chance zur Expansion gibt. Es wäre nicht möglich gewesen, wenn wir nicht bewiesen hätten, dass das erste Gutachten falsch gelegen hat."

„Es ist gut, dass wir es gefunden haben", lächelte Fane sie liebevoll an, bevor er sich zu ihr hinunterbeugte, um sie leicht zu küssen.

„Bitte sehr, die Herrschaften", unterbrach die Kellnerin sie und stellte ihre Gläser auf den Tisch. „Was möchten Sie heute Abend? Das traditionelle Schweizer Fondue?"

„Und Schokolade", fügte Laney schnell hinzu.

„Es gibt drei Arten von Schokoladenfondue auf unserer Karte: traditionelle Milchschokolade, dunkle Schokolade oder Schokolade mit einem Hauch Irish Cream."

„Laney? Hast du eine Vorliebe?"

„Vollmilchschokolade mit vielen Marshmallows, bitte", sagte sie.

„Sie waren schon einmal hier", antwortete die Bedienung mit einem Lächeln.

„Nein. Ich wollte nur schon lange mal herkommen", antwortete Laney.

„Ich bin froh, dass Sie es hierhergeschafft haben. Sie müssen wiederkommen und die restlichen Gerichte probieren. Sie sind alle ausgezeichnet. Ich werde mir notieren, dass ich auch extra Brownie-Stückchen mitbringe. Die mag ich am liebsten", sagte die Kellnerin mit einem Lächeln, bevor sie ging.

„Das macht so viel Spaß. Danke, dass Sie mich hierher mitgenommen haben. Wie sind Sie darauf gekommen?" fragte Laney.

„Ich habe die ausgedruckte Speisekarte in deiner Wohnung gesehen und dachte, es sei dein Lieblingsrestaurant. Jetzt bin ich noch glücklicher, mit dir hier zu sein." Fane hob sein Weinglas und stieß mit ihrem an.

Er beugte sich vor und flüsterte: „Alle anderen sehen die Erwachsene mit ihrem Weinglas, während ich das kleine Mädchen kenne, in ihr lauert."

Sie strahlte ihn an und nahm einen Schluck von dem kühlen Getränk. Laney lehnte sich entspannt gegen den Ledersitz und betrachtete Fanes Gesicht. Wie konnte es nur ein paar Tage her sein, dass er in ihr Leben getreten war? Sie ließ ihren Blick auf seine kräftigen Unterarme sinken und zeichnete eines der bunten Tattoos nach, die seine Haut zierten. Sie hätte dieses Buch nie nach seinem Einband beurteilen dürfen.

„Ich glaube, ich brauche ein neues", murmelte er.

„Wirklich?"

„Ich werde mir ein Design ausdenken und es dir vorlegen. Ich habe den perfekten Platz dafür reserviert", sagte Fane und tätschelte seine Brust über seinem Herzen.

Laney kamen die Tränen, aber sie blinzelte sie weg, als die Kellnerin ihren Wagen an den Tisch rollte, um mit der Zubereitung des ersten geschmolzenen Gerichts zu beginnen. Als sie den Tisch mit allerlei Leckereien zum Eintauchen gedeckt wieder verließ, hatte Laney bereits einen Gabelspieß in der Hand.

„Schlagen Sie zu, Daddy", forderte sie Fane auf, bevor sie merkte, was sie gesagt hatte. Laney sah sich um, um zu sehen, ob irgendjemand sie beachtete. Zu ihrer Erleichterung schien niemand auch nur im Entferntesten an ihrem Gespräch interessiert zu sein.

Grinsend tauchte sie eine Kartoffel in die Mischung und steckte sie sich in den Mund. Laney wackelte fröhlich und vergaß dabei ihren wunden Hintern, bevor sie auf der Stelle erstarrte. Fanes Lachen ließ sie drohend mit der Gabel fuchteln, was seine Augen noch mehr zum Glitzern brachte.

Als der Käse verschwunden war, hatte Laney alles über das Meeting erzählt. „Es hätte nicht besser sein können", resümierte sie.

„Das freut mich zu hören", scherzte die vorlaute Kellnerin.

„Oh, ich habe von einem Treffen gesprochen", begann Laney, bevor sie ebenso lachte wie die Kellnerin.

„Bereit für Schokolade?"

„Dann mal los!", ermutigte Fane und lehnte sich zurück, um seinen flachen Bauch zu tätscheln. „Ich habe noch Platz für genau drei Marshmallows und zwei Brownies."

„Sie werden mehr benötigen als das", warnte die Kellnerin, als sie den Tisch vom herzhaften Gang abräumte.

Eine halbe Stunde später führte Fane eine mit Schokolade und Marshmallows gefüllte Laney zurück ins Auto. „Nächster Halt, bitte", wies er den Fahrer an.

„Wohin fahren wir?" fragte Laney und versuchte zu raten, während sie durch die Stadt fuhren.

„Das wirst du bald wissen", versprach er.

„Ich könnte es aus Ihnen herauskitzeln", drohte sie und rückte dicht an ihn heran.

„Davon kann ich nur abraten. Ich habe viel mehr gegessen, als ich hätte tun sollen."

Der Wagen kam zum Stehen, was sie daran hinderte, sich zu Fanes Schokoladenvöllerei zu äußern. Es war eine gute Entscheidung gewesen, dass sie extra Marshmallows und Brownies bestellt hatten.

„Was? Du hast uns Karten besorgt?"

„Habe ich. Bist du bereit, dir etwas Gesang und Tanz anzusehen?" fragte Fane, bevor er die Tür öffnete.

Laney hüpfte neben ihm auf dem Bürgersteig, als er die Tür schloss. Sie liebte Musicals. Als sie die glänzenden Kritiken zu dieser Aufführung gelesen hatte, hätte sie fast eine Karte für das Stück gekauft, aber der Gedanke, in die Stadt zu fahren, zu parken und allein zu ihrem Auto zurückzulaufen, hatte sie abgeschreckt.

„Woher wussten Sie das?", flüsterte sie, als sie auf den perfekten Plätzen saßen - nicht zu nah und nicht zu weit von der Bühne entfernt.

„Ich wusste es nicht. Ich habe es darauf ankommen lassen. Zum Glück liebst du das Theater so sehr wie ich. Meine Mutter hatte immer Dauerkarten für die ganze Familie. Sie war fest entschlossen, meine Schwestern und mich als kultivierte Atheisten zu erziehen. Mein Vater starb zu früh, also war ich jahrelang ihre Begleitung, bis sie vor etwa fünf Jahren wieder heiratete. Ich habe es vermisst. Ich bin froh, dass ich jemanden habe, mit dem ich es genießen kann."

„Ich würde gerne Ihre Begleitung sein. Nächsten Monat gibt es eine tolle Veranstaltung", schlug sie vor. „Es ist zwar eher etwas für Kinder, aber ich würde es mir gerne ansehen."

„Dann werde ich uns Karten besorgen. Ich schaue nach, wann es wieder Dauerkarten gibt", meinte er leichthin, während er sein Programm öffnete, um die Schauspieler zu scannen. Als sie nicht antwortete, sah er zu ihr hinüber und begegnete ihrem Blick.

„Planen Sie, dass wir eine Weile zusammenbleiben?", fragte sie und versuchte, nicht zu hoffnungsvoll auszusehen.

„Ich werde dich niemals gehen lassen, Kleine. Pst! Es geht los." Er legte seinen Arm um die Rückenlehne ihres Sitzes und hielt sie fest.

„Ich höre, das ist der beste Teil", flüsterte Fane und presste seine Lippen an ihr Ohr, um die Menge nicht zu stören, als alle verstummten.

Laney hätte sich nicht für eine Lieblingsstelle entscheiden können. Die Show war ein absolutes Vergnügen. Als sie auf dem Rückweg zum Edgewater-Campus an seiner Schulter einschlief, später als sie normalerweise aufblieb, wusste Laney, dass sie sich mit Fane überall prächtig amüsieren konnte.

KAPITEL 12

Nach dem großen Treffen und dem lustigen Abend, der zu weniger Schlaf als gewünscht geführt hatte, ertappte sich Elaine dabei, dass sie am nächsten Tag alle anschnauzte. Sie redete sich ein, dass sie nicht unangenehm war, sondern nur erwartete, dass alle anderen hundert Prozent geben würden, so wie sie es von sich selbst erwartete. Das klang selbst für sie nicht ganz glaubwürdig, aber Laney konnte sich nicht aus dem negativen Trott befreien.

Als sie ihr Büro verließ und Fane nicht an seinem Platz vorfand, überprüfte Elaine seinen Terminkalender. Sie hatte sein Treffen mit Easton um neun Uhr vergessen. Sie stapfte zurück in ihr Büro und versuchte, sich in ihre Arbeit zu vertiefen, schaute aber immer wieder durch die Verbindungstür, um zu sehen, ob er zurückgekommen war. Schließlich hörte sie das Quietschen von Fanes Stuhl.

Elaine eilte in das Außenbüro. „Was wollte er?"

„Ich bin froh, dass ich wieder da bin. Danke, Elaine, dass Sie mich willkommen geheißen haben", korrigierte Fane ihre Begrüßung.

„Wollte er Sie in eine andere Position versetzen?", erkundigte sie sich und wies seine Worte mit einer Handbewegung zurück.

„Nein, wollte er nicht. Easton hat mich gefragt, ob ich bereit wäre, die Verwaltungsassistenten zu repräsentieren, wenn er sich mit den

Mitarbeitergruppen trifft. Wir haben über den Schulungsbedarf gesprochen."

„Nichts Persönliches?", hakte sie nach.

„Wollen Sie diesen Tonfall überdenken?", fragte Fane mit zusammengekniffenen Augen angesichts ihrer fordernden Haltung.

„Gut. Behalten Sie Ihre Geheimnisse für sich. Ich gehe wieder an die Arbeit. Ich schlage vor, Sie tun dasselbe." Elaine drehte sich auf den Fersen um und stapfte zurück in ihr Büro. Als Fane ihr nicht folgte, zwang sie sich, sich auf den vor ihr liegenden Bericht der Buchhaltungsabteilung zu konzentrieren.

Ihre schlechte Laune hielt den ganzen Vormittag über an und wurde auch nicht besser, als er darauf bestand, dass sie mit ihm etwas zu Mittag essen wollte.

„Wie schwer ist es, ein anständiges Sandwich zu schmieren?", beschwerte sie sich bei der Angestellten in der Cafeteria. „Ich hasse Mayonnaise. Sie müssen es noch einmal machen."

„Ja, Ma'am", sagte die junge Frau, als sie den Teller aufhob, den Laney an den Rand des Tisches geschoben hatte. „Ich bitte um Entschuldigung."

„Ist schon gut, Arielle. Ich esse das da und Ms. Rivers kann meins haben. Es ist mit Senf gemacht." Fane fing den Teller ab und entließ die neue Mitarbeiterin mit einem freundlichen Lächeln.

„Bist du dir sicher?", fragte Arielle, bevor sie auf Fanes Nicken hin schnell die Flucht ergriff.

„Das musst du nicht essen. Es sind Tomaten drauf. Du hast doch gerade gesagt, dass du keine Tomaten magst", beschwerte sich Elaine.

„Ich habe die perfekte Lösung." Fane hob das obere Stück Brot an und entfernte die Tomate. Er schnappte sich den Senf auf dem Tisch und drückte eine ordentliche Portion auf die Mayonnaise.

„Sie hätte es neu gemacht. Das ist ihr Job", kommentierte Elaine, als sie das Sandwich vor sich in die Hände nahm. „Ich hatte ganz vergessen, dass du Truthahn bestellt hast." Sie hob ihre Hand und winkte, um die Bedienung auf sich aufmerksam zu machen.

Fane ergriff ihre Hand und drückte sie auf den Tisch. „Lass uns einfach zurück ins Büro gehen. Ich laufe los und hole dir etwas anderes zu essen."

„Sie haben Recht. Es wird eine Ewigkeit dauern, bis sie hier irgendetwas zustande bekommen. Sie sind so langsam. Ich werde das einfach essen. Es ist ja nicht so, dass ich Truthahn hasse." Elaine nahm einen weiteren Bissen, während sie sich nachdenklich umsah.

„Easton sollte das Essensmodell hier auf dem Campus aktualisieren. Ich wette, wir könnten ein paar namhafte Unternehmen anlocken, die sich hier niederlassen würden."

„All diese Angestellten würden ihren Job verlieren, Laney."

„Elaine." Sie korrigierte ihn, ohne es zu bemerken. „Sie könnten wahrscheinlich einen anderen Job in den Restaurants finden, die hier eröffnen."

„Ich glaube nicht, dass die Angestellten diese Veränderung begrüßen würden. Schauen Sie mal da drüben. Der Sekretariats-Pool veranstaltet eine Brautparty für eine der langjährigen Verwaltungsangestellten. Zwei der Gäste sind Angestellte dieser Abteilung. Ich wette, sie haben die Feier in der Cafeteria angesetzt, damit sie in ihrer Mittagspause daran teilnehmen können. Diese Leute sind ein Teil der Edgewater-Familie."

„Hmm. Sie haben wohl recht." Elaine nahm einen weiteren Bissen und ließ das Sandwich auf den Teller fallen. „Igitt. Ich habe keinen Hunger, denke ich. Ich gehe zurück an meinen Schreibtisch, um ein paar Dinge zu erledigen."

„Nö." Fane hakte seinen Fuß um ihr Stuhlbein, um sie an ihrem Platz zu halten. „Du brauchst eine Pause vom Büro."

„Ich mache keine Witze, Fane. Ich habe zu arbeiten. Lassen Sie meinen Stuhl los." Sie wusste, dass er hier keine Szene machen würde.

Fane schüttelte den Kopf und ließ ihren Stuhl los. „Ich komme hoch, wenn meine Pause vorbei ist", meinte er und winkte, als jemand seinen Namen aus der feiernden Gruppe am anderen Ende des Raumes rief.

„Gehen Sie zu Ihren Freunden. Vergessen Sie nur nicht, dass wir noch zu arbeiten haben."

„Ich werde in genau zweiundzwanzig Minuten da sein."

Kopfschüttelnd stand Elaine auf und bahnte sich einen Weg durch die wuselnde Menge in der belebten Cafeteria. Jedes Mal, wenn sie sich um eine Gruppe von Angestellten herum bewegen musste, die eine Pause einlegten, um sich zu unterhalten, stieg ihr Verärgerungs-pegel sichtlich an. An der Tür blieb sie stehen und blickte zurück. Der Tisch, den sie mit Fane geteilt hatte, war leer, und sie sah, wie er sich einen Platz am Partytisch suchte.

„Zeitverschwendung", dachte sie angewidert.

„Einen schönen Tag noch, Ms. Rivers", rief eine freundliche Stimme ihr nach.

Elaine winkte mit der Hand in die Richtung, aus der der Gruß kam, ohne sich umzusehen, als sie die Tür aufstieß. Vielleicht würde sie ohne Fane, der sie ablenkte, etwas Arbeit erledigen können. Das riss sie ein wenig aus ihrer mürrischen Stimmung. Sie wusste, dass sich alle nicht anders verhielten als gewöhnlich. Ihre Geduld war heute gefährlich dünn. Es war an der Zeit, sich in ihrem Büro einzu-schließen und allen aus dem Weg zu gehen.

„Zeit, zum Yoga zu gehen", verkündete Fane an der Tür zu ihrem inneren Büro.

„Ich gehe nicht", antwortete sie, ohne vom Bildschirm aufzu-blicken.

„Der Arbeitstag ist vorbei, Chefin. Zeit, nach Hause zu gehen."

„Ich habe hier noch mehr zu tun. Wir sehen uns dann morgen früh."

„Speichern Sie Ihre Arbeit", wies er sie an.

„Warum?", fragte sie, während sie automatisch seine Anweisungen befolgte. Daten zu verlieren war unser aller schlimmster Albtraum.

„Weil Sie entweder dieses Büro eigenständig verlassen werden oder ich Sie hinaus tragen werde", erklärte er ihr sanft.

„Wir sehen uns nach dem Unterricht, Fane. Kommen Sie vorbei und holen Sie mich, bevor Sie gehen", sagte sie geistesabwesend, als die Zahlen, an denen sie gerade arbeitete, ihren Blick wieder zurück auf den Monitor zogen.

„Was? Hören Sie auf damit!" protestierte Elaine, als sich ihr Bild-schirm ausschaltete.

„Lächle ich?", fragte er. „Wenn nicht, ist das hier kein Scherz."

Eine kleine Stimme in ihrem Hinterkopf meldete eine Warnung. Elaine, die bereits plante, von ihrem Handy aus weiterzuarbeiten, stand auf. „Okay. Ich mache für heute Schluss."

„Danke. Also, Yoga oder willst du in deiner Wohnung auf mich warten?", fragte Fane.

„Ich werde einfach nach Hause gehen."

„Ich bin gleich nach dem Unterricht da. Nimm dir eine Tasche mit ein paar Arbeitsklamotten mit."

„Ich werde Sie einfach morgen wieder hier treffen", konterte Elaine.

Fane zog sein Handy aus der Tasche und wählte eine Nummer. „Hey, Angi. Tut mir leid, dass ich in letzter Minute anrufe, aber es ist etwas dazwischengekommen. Kannst du heute Abend die Klasse unterrichten?"

Er hörte aufmerksam zu und behielt Laney im Auge, die wütend den Kopf schüttelte. „Danke, Angi. Ich bin dir einen Gefallen schuldig."

„Okay, lass uns gehen. Wir halten bei deiner Wohnung und holen uns ein Outfit für morgen."

„Wirklich, Fane. Ich gehe einfach nach Hause und lege mich schlafen. Ich sehe Sie morgen."

„Ich begleite dich zu deiner Wohnung."

„Das ist nicht nötig", korrigierte sie ihn leichthin.

„Für mich schon." Er geleitete sie aus dem Gebäude und über die Grünfläche zum B-Turm.

„Unterricht heute Abend?", rief Knox durch die Lobby.

„Angi ist für mich eingesprungen. Es ist etwas dazwischengekommen", antwortete Fane mit einer neutralen Miene.

„Ah. Verstehe. Wir sehen uns dann nächste Woche", antwortete der kräftige Mann.

Die Fahrt mit dem Aufzug in ihr Stockwerk verlief schweigend. Jedes Mal, wenn sie Fane ansah, musterte er sie. Sie wusste nicht, was sie sagen sollte, also starrte sie schließlich einfach auf den Boden, bis sie aus der kleinen Kabine entkommen konnte.

An ihrer Tür wandte sich Elaine an Fane. „Ich bin gesund und munter angekommen. Wir sehen uns morgen." Sie versuchte, in ihre Wohnung zu huschen. Seine Hand unterbrach diesen Plan.

„Lass mich rein, Kleine."

„Ich sehe Sie morgen im Büro", antwortete sie und versuchte, sich zu beherrschen.

„Lade mich zu dir ein. Wenn du es wünschst, werde ich nach unserem Gespräch gehen", versicherte Fane ihr.

Mit einem schweren Seufzer trat sie aus der Tür und ließ ihn eintreten. „Hören Sie zu, Fane. Ich bin einfach nur müde. Ich habe letzte Nacht nicht genug Schlaf bekommen und bin todmüde."

Fane sagte nichts dazu, sondern nahm sie in die Arme und trug Elaine zur Couch hinüber. Er setzte sie auf seinen Schoß, zog ihr die Schuhe aus und ließ sie anschließend auf den Boden fallen. Ohne ein Wort zu sagen, massierte er die Innensohle eines Fußes, was ihr ein Stöhnen entlockte.

„Fane, Sie müssen sich nicht um mich kümmern. Ich komme schon zurecht. Ich habe seit elf Jahren, seit meinem Abschluss, auf eigene Faust überlebt."

„Das ist genau richtig. Du hast *überlebt*", sagte er und betonte absichtlich ein Wort. „Es gibt mehr im Leben, als es nur durch-zustehen."

„Ja, ja, ja. Ich weiß. Man muss auch Spaß haben. Ohne Freude ist das Leben langweilig. Das haben Sie mir alles schon gesagt. An den meisten Tagen funktioniert es, aber heute bin ich einfach zu müde. Heute überlebe ich", antwortete sie mit einer achtlosen Hand-bewegung.

„Es tut mir leid, dass ich mich gestern Abend nicht besser um dich gekümmert habe."

„Was? Es war toll. Das Stück hat mir gefallen, und das Abendessen war köstlich. Ich wollte schon immer mal dorthin gehen, wie du weißt." Sie unterdrückte ein Stöhnen, als er die Füße wechselte, um den Schmerz des Tages von dem anderen wegzuwischen.

„Unabhängig davon wäre beides für sich allein schon perfekt gewesen. Ich habe mich über Wochenend-Matineen für unsere Dauerkarten informiert. Wir können gute Plätze am Samstag- oder

Sonntagnachmittag bekommen. Dann wird es deinen Schlafrhythmus nicht stören."

„Ich kann lange aufbleiben", protestierte sie und presste die Zähne zusammen, um das drohende Gähnen abzuwehren.

„Daddys müssen die schönen Frauen erst kennenlernen, die ihre Littles sind. Ich weiß jetzt, dass lange Nächte nicht gut für Laney sind."

„Ich bin nur müde. Als wir gestern Abend nach Hause kamen, war ich zu aufgedreht, um zu schlafen."

„Und zu viel Schokolade war auch nicht gut", sagte er wissend.

„Die hat mich nicht wachgehalten. Ich bin direkt eingeschlafen, aber dann bin ich eine Weile später aufgewacht."

„Und konntest nicht wieder einschlafen?"

„Nein", sagte sie traurig. „Ich habe das Musical noch einmal im Kopf durchgespielt und mir einen Plan für das nächste Mal gemacht, wenn wir Fondue essen gehen. Ich habe auch ein paar andere Restaurants herausgesucht, die wir ausprobieren sollten."

Als er sie besorgt ansah, beeilte sie sich zu sagen: „Ich bin gegen fünf wieder eingeschlafen."

„Das war nicht genug Zeit zum Auftanken für dich."

„Nein. Ich bin immer recht früh ins Bett gegangen."

„Jetzt weiß ich es auch. Das entschuldigt aber nicht dein Verhalten heute", sagte er streng.

„Mir ging es gut."

„Du warst allen gegenüber kalt und professionell. Ist dir aufgefallen, wie die Leute dich heute gemieden haben?"

„Alle außer Ihnen", schnauzte sie und überspielte ihre Traurigkeit über seine Bemerkung mit einer Anschuldigung. „Ich für meinen Teil habe eine Menge Arbeit erledigt."

„Und eine Menge potenzieller Verbindungen mit Menschen verpasst. Wie geht es dir hier drin?" Er drückte ihr eine Hand auf die Brust.

„Mir geht es gut", blaffte sie.

„Das ist eine Lüge." Er beobachtete ihr Gesicht, bis sie ihren Blick abwandte. „Du hast mich heute abgewiesen. Hast du beschlossen, dass ich nicht der richtige Daddy für dich bin?"

„Nein", erwiderte sie schnell. „Ich bin nur müde. Ich möchte in meinem eigenen Bett schlafen."

„Blueberry und Ballsy warten in deinem Kinderzimmerbettchen auf dich", erinnerte er sie.

„Oh", sagte sie leise.

Sie hatte vergessen, dass sie wirklich allein in ihrer Wohnung schlafen würde. Laney winkelte ihre Knie an und schlang ihre Hände um ihre Schienbeine. Als seine Arme sich um das kompakte Bündel legten, in das sie sich verwandelt hatte, saß sie einige Sekunden lang steif da, bevor sie dem Trost nachgab, den er ihr anbot.

„Willst du nach Hause gehen und in deinem Kinderzimmer schlafen?", fragte er, als sie an seiner Brust gähnte.

„Bitte."

„Lass uns ein paar Sachen für die nächsten Tage packen und dann gehen wir deine Sachen suchen."

Mit der Hilfe von Fane hatte sie schließlich Schuhe, Make-up, Unterwäsche und drei Outfits beisammen. Mehr würde sie in ihrem Kinderzimmer nicht brauchen. Laney trug Jeans und ein T-Shirt und hielt Fanes Hand, als er ihre Wohnungstür abschloss, wobei er sich ihren Seesack auf den Rücken schnallte.

Knox war nicht länger an der Rezeption, was Laney daran erinnerte, dass sie Fane davon abgehalten hatte, Yoga zu unterrichten. Während sie schweigend zu Fanes Auto gingen, fragte sie sich, wie sie ihr heutiges Verhalten wiedergutmachen konnte. Die Müdigkeit vernebelte ihr Gehirn und machte es ihr unmöglich, Probleme zu lösen.

Impulsiv fragte sie: „Kannst du mir helfen, herauszufinden, wie ich diesen Tag ausradieren kann?"

„Ihn auszuradieren ist unmöglich. Die Menschen werden sich daran erinnern, wie du sie behandelt hast. Du kannst es aber besser machen."

„Sogar Sie? Können Sie mir jemals verzeihen?"

„Daddys sind ein besonderer Fall, Laney. Sie sehen immer das Beste in ihren Littles. Das heißt aber nicht, dass es keine Konsequenzen geben wird."

„Mehr Spankings?"

„Vielleicht. Wir werden morgen gemeinsam entscheiden, wie du dich besser fühlen wirst."

„Ich plädiere für keine Spankings", betonte Laney.

„Lass uns morgen darüber nachdenken. Rutsch in deinen Sitz, dann schnalle ich dich an", drängte er, während er die Beifahrertür öffnete.

Nach einer kurzen Fahrt zu den Einzelunterkünften auf dem Campus zwang sich Laney aus dem bequemen Schalensitz und folgte Fane ins Haus. Sie ging direkt in ihr Kinderzimmer und legte ihren Oberkörper auf das weiche Bett, um mit ihren Stofftieren zu sprechen.

„Es tut mir leid, dass ich euch hier fast allein gelassen hätte. Ich bin froh, dass ihr euch gegenseitig habt", flüsterte sie.

Sie hob den Kopf, als sie Fane an der Tür hörte, und gab zu: „Ich bin so müde."

„Bad, Flasche und Bett."

„Kann ich nicht einfach ins Bett gehen?", jammerte sie und verabscheute dabei den Klang ihrer eigenen Stimme.

„Du schläfst besser, wenn du meine Anweisungen befolgst. Die Wanne füllt sich gerade. Zieh die Klamotten für große Mädchen aus", wies Fane sie an und hielt ihr eine Hand hin, um ihr aus dem Bett zu helfen.

Laney kooperierte und entspannte sich ein wenig mehr, als jedes Kleidungsstück von ihrem Körper rutschte. Bald war sie in einen dicken Bademantel gehüllt und Fane nahm sie in die Arme und trug sie ins große Badezimmer. Gähnend lehnte sie ihre Wange an seine breite Brust.

Beim Anblick des dampfenden Wassers lächelte sie an seiner Haut. „Das sieht so gut aus."

Fane half ihr, sich unbeschadet in die große Wanne zu setzen. Als sie sich an die Rückenlehne lehnte, küsste er sie auf die Stirn. „Nimm ein Bad und entspann dich einen Moment. Daddy ist gleich wieder da."

In den wenigen Minuten, in denen er den Raum verlassen hatte, war sie fast eingeschlafen. Das Klicken der Glasflasche auf dem

Waschtisch ließ sie mit den Augen blinzeln. Plötzlich war sie sehr durstig nach dem köstlichen Gebräu.

Als sie ihre Hände nach der Flasche ausstreckte, versprach Fane: „Bald, Laney. Lass Daddy dich erst sauber machen."

Murrend begann sie zu argumentieren, verstummte aber, als er sich Hemd und Hose auszog, bevor er sich an den Rand der Wanne kniete und einen bauchigen Naturschwamm in die Hand nahm. Das sanfte, seifige Gleiten des weichen Materials über ihren Körper fühlte sich so gut an, dass ihre ohnehin schon entspannten Muskeln im warmen Wasser dahinschmolzen. Fane versuchte nicht, sie in irgendeiner Weise zu erregen, sondern wusch sie einfach gründlich.

Als ihr der Atem stockte, als er sie zwischen ihren Schenkeln säuberte, küsste ihr Daddy sie auf den Kopf und sagte: „Wir spielen ein andermal, Laney. Ich verspreche es."

Bald darauf zog er sie aus dem Wasser und stellte sie auf die saugfähige Matte. Sie taumelte vor ihm hin und her. Fane trocknete ihre Haut mit einem durstigen Handtuch ab, bevor er sie wieder in den dicken Bademantel wickelte und sie ins Kinderzimmer trug. Auf dem Weg aus dem warmen Badezimmer schnappte er sich die Flasche.

In seinen Armen liegend, öffnete sie den Mund, um an dem Nippel zu saugen, als er ihn ihr an die Lippen führte. Die leckere Mischung füllte ihren Mund und sie trank eifrig. Diesmal war die Mischung warm und tröstlich. Hitze stieg in ihrem Bauch auf, während er sie langsam wiegte. Beides zusammen lullte sie tief in den Schlaf.

Sie erinnerte sich daran, dass sie ihrem Daddy etwas Wichtiges geflüstert hatte, bevor sie der Erschöpfung erlag. Das Letzte, woran sie sich erinnerte, war, dass sie hörte: „Ich liebe dich auch, Laney."

KAPITEL 13

„Daddy?", rief Laney und setzte sich im Bett auf. „Daddy? Wie spät ist es?" Die Geländer waren an drei Seiten des Bettes hochgezogen und hielten sie an ihrem Platz fest. Sie rüttelte versuchsweise an einem. Hart wie ein Stein.

„Guten Morgen, meine Kleine. Du hast gut geschlafen. Ich war gerade im Begriff, dich zu wecken."

„Hier drin gibt es keine Uhr", beschwerte sie sich und rieb sich verschlafen die Augen.

„Stimmt genau." Fane ließ das Seitengitter herunter, um sich neben sie zu setzen.

Als er mit seiner warmen Hand über ihren Rücken strich, merkte Laney, dass sie nackt war und zog instinktiv die Decke hoch.

„Versteck dich nie vor Daddy", korrigierte Fane sie und zog sie ihr sanft aus den Händen. „Musst du aufs Töpfchen?"

Bei seiner Bemerkung schoss ein plötzlicher Drang durch Laneys Körper. Sie nickte und fummelte an der Decke herum. Als er sich erhob, um ihren Beinen über das Gitter zu helfen, sprang Laney aus dem Bett und rannte den Flur hinunter, ohne sich darum zu kümmern, dass sie an ihm vorbeirannte.

Sie rief: „Nein, nein, nein", und spannte ihre Muskeln an, um einen Unfall zu vermeiden, bevor sie auf der Toilette zusammenbrach.

Als sie langsamer zurückkehrte, fand Laney ihr Bett frisch gemacht und Ballsy und Blueberry auf ihrem Kissen vor. Sie beugte sich über das Bett, um den beiden einen Guten-Morgen-Kuss aufs Gesicht zu drücken und versuchte, sich danach wieder aufzurichten. Fane hielt sie fest gegen die Matratze gepresst.

„Ich habe eine kleine Erinnerungshilfe für dich, die du heute tragen sollst", erklärte er, als ein leises Rascheln ertönte.

„Eine Erinnerungshilfe?", wiederholte sie und schaute über ihre Schulter zurück, um zu sehen, wie er ein Glas Gleitmittel neben ihren Po stellte.

„Ja. Jetzt, wo du dich besser fühlst, ist es deine Aufgabe, auch alle anderen glücklicher zu machen. Ein Plug in deinem Hintern wird dich daran erinnern, heute nett zu sein", erklärte er, nahm ein Etui vom Nachttisch und öffnete es neben ihr. Glänzende Metall-Analstöpsel funkelten im Licht.

„Ich will sowas nicht in meinem Hintern haben", wehrte sie ab. Ihre Muskeln spannten sich automatisch an und zogen ihre Pobacken eng zusammen.

„Ich weiß. Entspann dich, sonst wird es unangenehm", riet er ihr, während sein Finger über die verschiedenen Plugs fuhr, um die richtige Größe auszuwählen.

Als er den dritten in der ersten Reihe herauszog, protestierte sie: „Der kleine reicht. Der wird eine gute Erinnerung sein."

Fane deutete auf den ersten. „Du warst unfreundlich zu mir."

Seine Finger schwebten über der zweiten. „Du warst unfreundlich zu Arielle in der Cafeteria."

Langsam hakte er so viele Personen oder Orte ab, mit denen sie kurz angebunden gewesen war, bis er den größten Pfropfen erreichte. Ihre Augen weiteten sich, als sie zu ihm aufsah.

„Der dritte ist in Ordnung", versicherte sie ihm.

„Ich bin froh, dass du einverstanden bist."

Laney sah zu, wie er den Plug gründlich einschmierte, bevor er ihn ihr an dem breiten Ansatz an der Unterseite reichte. „Was soll ich damit machen?"

„Halt ihn fest, während ich deinen Hintern vorbereite."

Entsetzt beobachtete sie, wie er einen Klecks Gleitmittel auf seinen Zeigefinger schöpfte. Als er ihn zu ihren Pobacken bewegte, spürte sie, wie seine andere Hand von ihrem unteren Rücken nach unten glitt und ihr half, ihre Wangen zu trennen.

„Nein!", schrie sie, als er die kühle Mischung auf ihre fest verschlossene Öffnung auftrug. Trotz ihrer Bemühungen, ihn fernzuhalten, drückte Fane den dicken Finger tief in ihren Po und wirbelte das glitschige Gel herum, um ihren engen Eingang zu benetzen.

Sie drehte sich um, um den Plug zu betrachten und konnte gerade noch verhindern, dass sie ihn quer durch den Raum warf. Ein Blick auf die anderen, die in der Kiste warteten, hielt sie von dieser impulsiven Reaktion ab.

„Den Plug, bitte", bat Fane in einem angenehmen Ton, als würde er sie bitten, ihm beim Frühstück die Butter zu reichen.

Langsam reichte sie ihm den Plug zurück, als wäre er eine giftige Spinne, die sie beißen wollte. „Daddy?", versuchte sie es noch einmal.

„Du wirst heute ein sehr braves Mädchen sein. Diese Erinnerung wird dir helfen, dich zu konzentrieren", antwortete er.

Laney ließ ihren Kopf auf die Matratze sinken, als sich die kalte Spitze gegen ihre geschlossene Öffnung drückte. Langsam dehnte sie den verkrampften Muskelring. Als sie am weitesten war, wippte sie mit den Hüften und versuchte, das Brennen zum Stillstand zu bringen.

„Fast fertig, Laney. Entspann deinen Hintern", wies er sie an.

„Ich will es nicht", jammerte sie.

„Ich weiß. Husten", sagte er und überraschte sie.

„Husten?"

„Husten, Laney", wiederholte er und drückte den dicken Plug fest gegen ihren Körper.

„Hust!" Sie stieß die Luft aus ihrer Kehle, bevor sie den Kopf zurückwarf, als der Eindringling sein letztes Stück in ihren Gang schob und sich dort festsetzte.

„So", sagte Fane mit einem Ton der Zufriedenheit.

„Ich muss den doch nicht den ganzen Tag tragen, oder?", protestierte sie und wackelte mit dem Hintern, während sie versuchte, ihn herauszuschieben.

„Wir werden sehen. Noch eine letzte Sache, die ich überprüfen muss." Fane nahm ein drei Zentimeter langes Gerät aus dem Koffer und drückte einen Knopf.

Surr! Der Plug in ihrem Po vibrierte. Sofortige Erregung erfüllte sie, als sich die Wellen in ihrem Intimbereich ausbreiteten.

Laney sah ihn an, unfähig zu glauben, was geschah. „Du wirst ihn doch nicht benutzen, oder?"

„Nur wenn du eine Erinnerung an die Erinnerungshilfe brauchst", sagte er, bevor er die Fernbedienung ausschaltete und sie in seine Tasche fallen ließ.

L aney bewegte sich unbeholfen, während sie versuchte, das Objekt zu ignorieren, das in ihrem Po steckte. Es hatte sich inzwischen in ihr erwärmt, also fühlte es sich wenigstens nicht mehr so eiskalt an wie am Anfang. Beim Frühstück hatte Fane gesagt, dass heute ein Tag der Wiedergutmachung sei. Jedes Mal, wenn sie nicht angenehm war, egal in welcher Situation, würde er die Vibration in ihr aktivieren.

Als Laney in ihrem Büro ankam, ging sie sofort in ihren privaten Bereich. Als sie die Tür schloss, erfüllte ein leises Summen die Luft, während sich ihre Fingernägel in das Holz gruben, an dem sie sich plötzlich festhalten musste.

„Die Tür ist offen, es sei denn, Sie haben eine private Besprechung", wies er sie an.

„Ich arbeite besser, wenn sie geschlossen ist", behauptete sie und biss sich auf die Unterlippe, um den Gefühlen entgegenzuwirken, die sie durchströmten.

„Heute nicht."

Vorsichtig schob Laney die Tür wieder in eine vollständig geöffnete Position. Sofort verstummte das Gerät in ihrem Hintern, und sie ließ sich einige Sekunden lang gegen die Absperrung sinken, bevor sie vorwärts schritt, um sich neben seinen Schreibtisch zu stellen.

Sie starrte Fane an und zischte: „Geben Sie mir das!"

„Nö. Gehen Sie arbeiten. Sie haben einen vollen Terminkalender", kommentierte er und deutete auf den Kalender seines Computers.

„Sie sind ..." Es fiel ihr schwer, ein passendes Wort zu finden, um ihn zu beschreiben.

„Elaine, danke, dass du dich heute mit mir triffst", ertönte Belindas freundliche Stimme von der Tür her. Die Technikexpertin spürte, dass etwas Merkwürdiges vor sich ging und fragte: „Ist das ein guter Zeitpunkt?", während sie zwischen der Geschäftsfrau und ihrem Verwalter hin und her schaute.

„Ja, natürlich. Fane hat mir gerade gesagt, wen er heute eingeplant hat. Komm nur herein. Ich wollte mit dir über die Expansionspläne sprechen", sagte Elaine sanft, während sie den Weg in ihr Büro wies.

„Nach der Vorstandssitzung ist das Gebäude wie elektrisiert", erzählte Belinda unschuldig, während sie Elaine durch die Tür folgte.

Ein dumpfes, ersticktes Lachen folgte dem Duo, was Elaine einen finsteren Blick auf den Empfangsschalter werfen ließ. Ein kurzer Druck auf den Knopf wischte diesen Ausdruck aus Elaines Gesicht, als ihr klar wurde, dass Fane nicht zögern würde, die Sache durchzuziehen, wenn sie nicht seiner Beschreibung eines guten Mädchens entsprach. Sie zwang sich zu einem Lächeln und schloss die Tür hinter sich.

Eine Stunde später klopfte er an die Tür und spähte hinein. „Ms. Rivers, es tut mir leid, dass ich Sie störe, aber Ihr nächstes Treffen mit Mr. Edgewater ist in zehn Minuten."

„Danke, Fane." Elaine stand auf, umrundete ihren Schreibtisch und reichte der Kollegin die Hand.

„Ich habe mich gern mit dir getroffen. Ich habe mir eine Menge Notizen zu den Themen, die wir besprochen haben gemacht. Danke, dass du deine Einsichten mit mir geteilt hast, Belinda."

„War mir ein Vergnügen. Wenn du weitere Fragen haben solltest, kannst du dich jederzeit bei mir melden."

„Ich begleite dich zum Aufzug", schlug Elaine vor. „Was kannst du mir über Cyber-Sicherheitsfirmen erzählen?"

„Oh, du willst definitiv keine externe Firma anheuern. Die werden dir nur einen Teil ihrer Zeit und Aufmerksamkeit widmen. Du brauchst jemanden, der sich ganz auf Edgewater Industries konzentriert. Eine feste Mitarbeiterin oder ein fester Mitarbeiter ist das Beste."

Elaine blieb im Flur stehen und richtete ihre Aufmerksamkeit ganz auf Belinda. „Ich kann mir deine Akte später ansehen, aber während wir uns schon unterhalten, frage ich dich lieber direkt. Welche spezielle Ausbildung hast du in diesem Bereich? Zertifizierungen oder Abschlüsse?"

„Ich habe einen Abschluss in Computerwissenschaften. Ich habe ein Seminar zu digitaler Kriminaltechnik besucht. Und was noch wichtiger ist, ich kenne die Prozesse und Systeme von Edgewater Industries. Ich will ehrlich sein, Elaine, ich würde gern für diesen Job in Betracht gezogen werden."

„Zur Kenntnis genommen. Wir werden ein Profil der benötigten Fähigkeiten erstellen, bevor wir eine Einstellung in Betracht ziehen. Die Stelle erfordert spezifische Kenntnisse und die Fähigkeit, die Verantwortung für diesen Bereich des technischen Systems von Edgewater zu übernehmen. Ich weiß nicht, ob ein anderer Kandidat oder Kandidatin für die Stelle besser geeignet wäre. Ich hoffe, dass du gewillt bist, mit jemand anderem zusammenzuarbeiten, wenn die Wahl nicht auf dich fällt", stellte Elaine unverblümt fest.

„Mir bedeutet Edgewater Industries fiel, aber ich möchte meine Arbeit hier ausweiten und mich neuen Herausforderungen stellen", antwortete Belinda sanft.

„Die Information ist eigentlich unter Verschluss, aber ich teile dir jetzt schon mit, dass Easton Pläne mit dir hat. Wir sind beide von deiner Arbeit hier beeindruckt. Ich weiß nur nicht, ob dies der Bereich ist, den er für dich im Sinn hatte."

„Danke für deine Ehrlichkeit. Ich werde weiter daran arbeiten, meine Fähigkeiten zu erweitern, und wir werden uns unterhalten, wenn du soweit bist, mir einen Vorschlag zu machen." Belinda nickte Elaine zu, als sie den Aufzug betrat und nach unten fuhr.

Elaine schaute auf ihre Uhr und machte sich auf den Weg zu Eastons Büro. Sie hatte eine Menge mit ihm zu besprechen. Und sie würde für eine Weile nicht mehr in Fanes Blickfeld sein. Absichtlich nett zu sein, war anstrengend.

KAPITEL 14

Als Elaine mit Fane die Cafeteria betrat, zwang sie sich ein Lächeln auf. Ein kurzes Summen ließ sie ihren Hintern zusammenkneifen, als sie sich umdrehte und ihn ansah. „Was?"

„Sieh nicht so aus, als würdest du zu deiner Hinrichtung gehen. Sei dir nur bewusst, welche Wirkung dein Laserfokus auf das Geschäft bei anderen hinterlässt. Sieh mal, da ist Cynthia vom Yoga."

„Hey, Cynthia!", begrüßte er sie mit einem Lächeln, das Elaine einen Anflug von Eifersucht bescherte.

„Hey, Fane. Hey, Elaine. Tut mir leid, dass ich letzte Woche den Unterricht verpasst habe. Ich hatte ein krankes Kind, das meinen Mann angesteckt hat. Er war ein größeres Baby als der Zweijährige. Gott sei Dank liebe ich sie beide."

Das ungute Gefühl in Elaine schwand, als Fane ihr gestand, dass er auch gefehlt hatte.

„Ich hoffe, es geht den beiden jetzt besser?", fragte Elaine und war überrascht, dass sie wirklich hören wollte, dass es ihnen besser ging.

„Ja, Ma'am. Sie waren beide in etwa vierundzwanzig Stunden wieder auf den Beinen. Aber doch lange genug, um mir drei Ladungen Wäsche und eine verpasste Yogastunde einzubrocken", sagte Cynthia lachend. „Ich gehe jetzt in die Küche. Probieren Sie die Kartoffelsuppe. Ich habe sie heute extra gemacht."

„Lecker. Danke, Cynthia", antwortete Fane, als die fleißige Mitarbeiterin durch die Türen in den Vorbereitungsbereich eilte.

„Vielleicht nehme ich heute eine Suppe", kommentierte Fane, während er sie zur Schlange begleitete, um zu bestellen.

„Ich weiß nicht, ob ich etwas Heißes möchte", gestand Elaine und überflog die Liste der Tagesgerichte. Sie probierte gern verschiedene Dinge aus.

Als sie die Kasse erreichten, blickte eine sehr beschäftigte Arielle zu ihnen auf. „Hey, Ms. Rivers. Hallo, Fane. Was möchten Sie heute zu Mittag essen? Ich verspreche, dass sie dieses Mal keine Mayonnaise bekommen", versprach sie nervös. „Ich hätte Ihnen ein neues Sandwich anbieten sollen. Mr. Alvarez war nicht zufrieden mit mir. Ich verspreche, dass ich mich bessern werde. Ich liebe meinen Job hier und muss ihn behalten."

Am Tonfall ihrer Stimme konnte Elaine erkennen, dass Arielle besorgt war. Die Hände der jungen Frau zitterten, bevor sie sie in der Taille zusammenschlug. Sie sah Fane an und begegnete seinem wissenden Blick. Die Mayonnaise war es nicht wert, dass diese Angestellte so viel Angst hatte.

„Es tut mir leid, Arielle", begann sie, bevor ein älterer Mann hinter dem Tresen zu ihnen herübereilte.

„Ah, Ms. Rivers. Es tut mir leid zu hören, dass Arielle Ihre Mittagsbestellung verpfuscht hat. Das wird nicht wieder vorkommen. Sie wurde verwarnt und eine Notiz in ihre Akte gelegt", erklärte der Leiter der Cafeteria.

„Salvador, ich möchte, dass du diesen Brief zerreißt. Es war ein bedauerliches Missverständnis, das niemands Arbeitsplatz gefährden sollte. Ich glaube, das Sandwich wird normalerweise mit Mayonnaise serviert?" Elaine hielt zur Bestätigung inne.

„Ja, Ma'am", beeilte sich Arielle zu sagen.

„Dann liegt die Schuld allein bei mir, weil ich nicht darum gebeten habe, das Rezept abzuändern", fuhr Elaine fort.

„Das ist lieb gemeint, Ms. Rivers. Aber wir in der Cafeteria möchten die Vorlieben aller unserer Mitarbeiterinnen und Mitarbeiter unterstützen", versicherte Salvador Alvarez ihr.

„Das ist bewundernswert. Ich ziehe es vor, dass mein Fehler nicht den Arbeitsplatz von jemandem gefährdet. Darf ich mich darauf verlassen, dass Sie diesen Brief entfernen und alle negativen Gedanken, die Sie über Arielles Beschäftigungsverhältnis haben, aus der Welt schaffen?"

Als der Abteilungsleiter zustimmend nickte, fuhr sie fort: „Ich würde gerne Verbesserungen und Personalbedarf besprechen, Salvador. Würden Sie sich mit meinem Assistenten Fane in Verbindung setzen, wenn die Mittagspause vorbei ist, um einen Termin zu vereinbaren?"

„Natürlich, Ms. Rivers." Er nutzte die Gelegenheit sofort.

„Und Salvador? Nenn mich bitte Elaine", bat sie mit einem Lächeln.

„Es wäre mir eine Ehre, Elaine." Mit einem zufriedenen Blick auf Arielle entschuldigte er sich, als jemand seinen Namen rief.

„Nun, Arielle. Ich habe gehört, dass Cynthia heute eine besondere Kartoffelsuppe gekocht hat", orderte Elaine.

„Sie ist die beste Köchin. Sie wird Ihnen schmecken", versicherte Arielle ihr eilig.

Elaine bemerkte, dass die Angestellte ein Lächeln riskierte, als wüsste sie nicht, was für eine Reaktion sie bekommen würde. „Jetzt weiß ich, wen ich um Empfehlungen bitten muss. Danke, Arielle."

Sie beendeten ihre Bestellungen und setzten sich an einen Tisch, an den das Essen gleich geliefert werden würde. Sie schaute ihren Assistenten an und schüttelte den Kopf. „Arielle hat ihm gestanden, dass mit meinem Essen etwas nicht in Ordnung war, und hat einen negative Notiz in ihrer Akte erhalten."

„Sie sind hier sehr wichtig. Nur wenige der Angestellten kennen Sie persönlich. Easton, ja. Und Sie? Sie sind die Peitsche, die Edgewater Industries auf Kurs hält", bemerkte Fane.

„Und ich habe schon eine ganze Reihe von Verwaltungsangestellten erlebt. Die haben doch nicht etwa ihren Job verloren, oder?"

„Glücklicherweise nicht. Sie haben die Gelegenheit ergriffen, um die Gehaltserhöhung zu bekommen, die die Stelle als Ihre Assistenz bietet. Der Zuwachs an Geld entspricht den zusätzlichen Aufgaben. Ich glaube, sie sind alle damit zufrieden, etwas weniger zu verdienen, weil sie jetzt weniger Verantwortung tragen müssen", antwortete Fane.

„Ich will keine Tyrannin sein", wehrte sich Elaine.

„Sie brauchen jemanden, der genauso hart arbeitet wie Sie", korrigierte er sie.

„Der heutige Tag hat mir gezeigt, dass ich mehr daran arbeiten muss, mit Menschen in Kontakt zu treten. Ich will nicht, dass alle denken, ich sei eine Tyrannin."

Sie hörte auf zu reden, als ein Kellner mit zwei dampfenden Schüsseln Suppe und einem Brötchenkorb erschien. Nachdem sie sich bedankt hatte, tauchte sie ihren Löffel in die Suppe und probierte sie.

„Oh, lecker!", lobte sie.

„Cynthia ist die Beste. Der Chefkoch sollte sich vorsehen. Alles, was sie macht, ist erstklassig", kommentierte der Kellner, bevor er mit einem Lächeln ging.

„Die ist so gut. Ich bin froh, dass ich Cynthia getroffen habe", kommentierte Fane und nahm noch einen Bissen.

Als er winkte, drehte sich Elaine um und folgte seinem Blick. Der Kellner stand vor der Suppenköchin. Cynthia schaute in ihre Richtung und lächelte, als Fane beide Daumen zum Zeichen seiner Anerkennung hochhielt. Um nicht außen vor zu bleiben, dankte Elaine leise und freute sich über den kleinen Freudensprung der Köchin.

„Sie haben ihr den Tag versüßt," bemerkte Fane.

„Die ist wirklich köstlich. Sie sollte die Anerkennung für ihr Talent bekommen. Erinnern Sie mich daran, Salvador vorzuschlagen, dass er verschiedene Spezialitäten mit einem Bild der Köchin, die sie zubereitet hat, hervorhebt? Auf diese Weise könnte jeder sie direkt loben."

„Ich denke, das wäre ein großartiger Impuls für die Moral und würde eine Beziehung zwischen denjenigen, die die Mitarbeiter von Edgewater betreuen und dem Personal schaffen. Ich weiß, dass ich ein sehr viel grantigerer Zeitgenosse wäre, wenn ich nicht jeden Tag so leckeres Essen vorgesetzt bekäme", bemerkte Fane.

„Als ob Sie grantig sein könnten", murmelte sie, bevor Fane eine Hand in seine Tasche schob und ihre Aufmerksamkeit erregte.

„Moment! Das war lieb gemeint!" sagte Elaine schnell. „Ich war nicht böse."

„Braves Mädchen", lobte er mit einer sanften Stimme, die nur ihre Ohren erreichte.

Als sie am Ende des Tages nach draußen gingen, dämmerte es Elaine, dass sie seine Korrektur den ganzen Nachmittag nicht gespürt hatte. Den ganzen Tag über war es leichter geworden, mit anderen in Kontakt zu treten, anstatt sich nur auf das Geschäftliche zu konzentrieren.

„Wir haben heute eine Menge geschafft", sagte Fane.

„Fast alles, was in meinem Zeitplan stand. Das passiert sonst nie", bemerkte Elaine lachend.

„Du hast dich heute Nachmittag gut geschlagen. Alle sind mit einem Lächeln aus deinem Büro gekommen - einschließlich dir."

„Ich wollte nicht unter Strom gesetzt werden", flüsterte sie wütend.

„Hmm. Vielleicht solltest du öfter eine Erinnerungsstütze tragen."

„Nein!", platzte es laut aus ihr heraus und erregte die Aufmerksamkeit mehrerer Angestellter, die in ihrer Nähe vorbeigingen.

Automatisch lächelte Elaine alle beruhigend an, als sie ihre Aussage in einer für alle hörbaren Stimme erweiterte: „Nein, wir sind bei unseren Expansionsplänen auf keine Hindernisse gestoßen."

Fane kicherte, als er sie zu seinem Auto führte. Nachdem er die Tür geschlossen hatte, fragte sie: „Nehmen Sie das raus, wenn wir Zuhause sind?"

Ein zufriedener Ausdruck glitt über Fanes Gesicht und er nickte, bevor er hinzufügte: „Nur weil du es Zuhause genannt hast, Laney."

Laney lehnte sich gegen den Sitz und nickte. Es war seltsam. Sie betrachtete sein Haus bereits als ihr Zuhause. Das musste ein gutes Zeichen sein.

„Was machen wir heute Abend?", fragte sie.

„Wenn wir nach Hause kommen, ist Badezeit. Dann Abendessen. Ich dachte, wir könnten mit den Spielsachen in deinem Kinderzimmer spielen oder uns an einem Brettspiel austoben", schlug er vor, als er in die Garage fuhr.

„Das klingt nach Spaß", murmelte sie. Ihr Körper reagierte sofort auf die Vorstellung, nackt zu sein, während ihr Daddy sie badete. Laney drückte ihre Schenkel zusammen und versuchte, ihre Reaktion zu unterdrücken.

„Bleib sitzen. Daddy wird dir helfen", erinnerte Fane sie, als er den Motor abstellte.

Laney beobachtete seinen athletischen Körper, der von seiner Bürokleidung kaum verdeckt wurde und wartete geduldig darauf, dass er die Motorhaube umrundete und ihr die Tür öffnete. Ihre Finger verhedderten sich in dem engen Rock ihres regulären Geschäftskostüms. Als sie aus dem Auto stieg, drängte Fane sie dicht an das Fahrzeug. Sie spürte, wie sich der Beweis seines Begehrens gegen sie presste. Als sie zu ihm aufsah, küsste er sie grob.

„Ich möchte, dass du den Ort, an dem wir sind, immer als dein Zuhause betrachtest."

Fane eroberte erneut ihre Lippen und erforschte ihren Mund. Als sie sich gegen ihn stemmte, um ihm näher zu kommen, wich er zurück, als sie keuchte. "Dieser Plug ist eine effektive Erinnerungs-hilfe, nicht wahr?" Er umfasste ihren Po mit einer Hand und zog ihr Becken fest an sich, während er das eingesetzte Lustspielzeug tiefer in sie schob.

Sie erstarrte an Ort und Stelle und spürte, wie ihr Höschen durch-nässt wurde. Ihr Daddy hielt sie mühelos fest. Er hatte die totale Kontrolle. Laney liebte es zu wissen, dass er genauso erregt war wie sie. Da sie sich noch nie mit Spielereien in ihrem Poloch beschäftigt hatte, war sie schockiert über die Lust, die sie durchströmte. Der Metallplug zog an ihrer empfindlichen Öffnung. Würde er sie nehmen wollen - dort?

„Komm schon, Kleine. Komm, wir kümmern uns um deinen süßen Hintern", sagte er und ließ ihren Po los, um ihn sanft zu streicheln.

„D-Daddy?" Sie stolperte über das Wort, als er sich entfernte.

„Ja, Laney. Daddy wird dich hier bald lieben. Deine Erinnerungs-stütze, ein braves Mädchen zu sein, kann auch deinen strammen Hintern dehnen, damit ich dir dort eine Freude machen kann."

Als sie sich dabei erwischte, wie sie unbewusst nickte, erhitzte sich Laneys Gesicht und sie wusste, dass ihre Wangen knallrot waren. Schnell blickte sie auf den Boden.

Fane ergriff ihr Kinn und hob es fest an, bis sich ihre Augen trafen. „Zwischen einem Daddy und seinem Little gibt es keine Geheimnisse. Ich werde dich vollständig erforschen. Manche Dinge werden dich vor Verlangen verrückt machen. Das werden deine Belohnungen sein. Andere werden dich über dein Wohlfühlniveau hinaus fordern. Das könnten Belohnungen oder Bestrafungen sein."

Während sie über diese Worte nachdachte, trat Fane einen Schritt zurück, um ihre Hand zu nehmen und sie durch die Garage zu führen. Auf halbem Weg dorthin ging das Licht aus.

Laney blieb sofort stehen und versuchte, durch die Dunkelheit zu sehen, damit sie nicht stolperte.

„Vertrau Daddy", forderte er sie auf, während er sie an sich zog. Fane drehte sich so, dass er ihr den Rücken zuwandte. „Leg deine Hände um meine Taille und wir tanzen uns den Weg ins Haus." Seine Hände schlossen sich um ihre.

Als er das alberne Lied sang, das sie als Kind auf der Eislaufbahn zum ersten Mal gesungen hatte, lachte Laney laut auf. Dem Text folgend streckte sie erst ein Bein zur Seite und dann das andere, bevor sie dreimal vorwärts hüpfte. Die absolute Dunkelheit verblasste ein wenig, als sich Laneys Augen an die Schwärze gewöhnten. Irgendwie wirkten die Schemen, die auf sie zukamen, gar nicht mehr so unheimlich.

Als er schließlich Laneys Hände losließ, um die Tür zu öffnen, war sie fast traurig, dass sie nicht mehr in der Finsternis spielen konnten. Mit drei letzten Sprüngen landete sie im Inneren des Hauses. Die Bewegung des Plugs in ihr wurde immer drängender.

Fane las ihren Gesichtsausdruck, hob Laney hoch und eilte ins Hauptbadezimmer. Er stellte ihre Füße auf den gepolsterten Teppich vor einem Waschbecken und drückte leicht auf ihren Rücken, um sie nach vorne zu lehnen.

„Stütze dich auf dem Waschtisch ab. Behalte deine Hände dort, Kleine", wies er sie sanft an, während er über ihren Rücken bis zu ihrem Hosenbund strich. Er ließ sie für ein paar Sekunden allein, um das warme Wasser in der Wanne aufzudrehen. Das Rauschen des Wassers erfüllte die Luft und schien einen noch privateren Raum um sie herum zu schaffen.

Zurück an ihrer Seite, knöpfte er ihren Rock auf und ließ ihn zu Boden fallen. Er senkte sich sportlich auf den Teppich und drückte ihr einen Kuss auf den Oberschenkel, bevor er ihr half, aus dem ausrangierten Kleidungsstück zu steigen, während er ihr die Schuhe auszog. Fane hob ihre Sachen auf und legte sie auf eine bereitstehende Bank.

„Als Nächstes kommt das Höschen, Laney", erklärte er, während er seine Finger in den Gummizug an ihrer Taille einhakte, um ihr das Kleidungsstück aus Baumwolle und Spitze über die Hüften zu ziehen. Fane ließ es um ihre Knöchel fallen und ließ es dort liegen.

Da sie nur halb angezogen war, fühlte sie sich vor ihm nackter, als wenn er sie ganz ausgezogen hätte. Die Luft im Raum umspielte ihr nacktes Fleisch und ließ sie frösteln. Der Stoff, der um ihre Füße geschlungen war, hielt sie so fest an ihrem Platz, wie es Fesseln getan hätten, als er über ihren nackten Hintern strich und ihre weichen Wangen streichelte.

Unfähig zu widerstehen, beobachtete Laney ihn im Spiegel, als er ihren Po teilte. In seinem Gesicht spiegelte sich sein Verlangen wider - ungehemmt und wild. Langsam zog er den Plug aus ihrem Po und legte ihn in das Waschbecken neben ihr. Sie starrte auf die Erinnerungsstütze, bevor sie aufblickte und seinem Blick im Spiegelbild begegnete.

„Du warst heute ein braves Mädchen, Laney. Daddy ist stolz auf dich."

Triumphierender Stolz erfüllte sie, sodass sie ihre Schultern zurückdrückte und ihre Wirbelsäule aufrichtete. Er strich mit dem Handrücken über ihre Wirbelsäule, bevor er ihr einen kräftigen Klaps auf den Po gab.

Als Laney daraufhin aufsprang, wies er sie an: „Geh aufs Töpfchen und komm zurück, damit Daddy dich für die Wanne fertig macht." Fane half ihr, aus dem Slip zu steigen und gab ihr einen Kuss auf die gerötete Stelle auf einer Wange.

Von ihrem Platz am Waschtisch befreit, flüchtete sie in die

Privatsphäre der Toilette im geräumigen Badezimmer. Als Laney die Tür schloss, zögerte sie. Da sie mit ihm in Verbindung bleiben wollte, öffnete sie die Tür und sah zu, wie er das Wasser am Waschbecken aufdrehte. Effizient reinigte er den Stöpsel und seine Hände, bevor er ihn auf einem Waschlappen zum Trocknen legte. Diese einfache Handlung versicherte ihr, dass er sich nicht nur um sie kümmerte, sondern dass Fane die Absicht hatte, ihn wieder zu benutzen.

Ohne sich bewusst darüber Gedanken zu machen, glitten ihre Finger durch die glitschigen Säfte zwischen ihren Schenkeln. Ein Kribbeln der Glückseligkeit breitete sich in ihr aus. Laney wusste, dass Fane es nicht gutheißen würde, wenn sie sich selbst befriedigte. Doch er hatte ihr nicht gesagt, dass sie sich nicht selbst berühren durfte.

Als ob er ihre Gedanken hören könnte, wies Fane sie scharf zurecht. „Bist du auch brav da drin, Kleine?"

Sie riss ihre Hand weg und wischte sich schnell trocken, bevor sie zu ihm hinaushuschte. Als sie vor ihm stand, wusste Laney, dass er sich ihrer Handlungen bewusst war. Sie versuchte, seinem Blick zu begegnen, ohne schuldbewusst zu wirken, aber es gelang ihr nicht. Während sie ihre nackten Zehen auf den Fliesen studierte, wartete Laney darauf, dass er sie bestrafte. Als seine Hand ihr Kinn anhob, bis sie ihm direkt in die Augen blickte, hielt sie den Atem an.

„Versprich Daddy, dass dein Vergnügen ihm gehört."

„Ich ... ich verspreche es." Sie stolperte über die Worte - nicht, weil sie nicht zustimmen wollte, sondern wegen der Schuldgefühle, die Laney empfand, weil sie etwas tat, von dem sie wusste, dass er es nicht gutheißen würde.

„Jetzt weißt du Bescheid", sagte er schlicht.

Seine Worte löschten die Sorgen in ihr aus. Vielleicht hatte sie es doch nicht vermasselt. Zögernd lächelte sie ihn an und nickte.

„Braves Mädchen."

Fane wandte seine Aufmerksamkeit darauf, sie vollständig zu entkleiden. Als sie nackt vor ihm stand, wies er mit einer Geste auf die Badewanne. „Steig ein, Laney. Das warme Wasser wird die Schmerzen in deinem Hintern lindern."

An die Penetration erinnert, drückte sie ihre Wangen zusammen. „Es ist nicht so schlimm", flüsterte sie.

„Da bin ich aber froh. Und jetzt ab in die Wanne. Daddy wird dich eine Weile einweichen lassen."

Er half ihr, in das warme Wasser zu steigen. Es war perfekt - weder zu heiß noch zu kalt. Mit einem Seufzer entspannte sie sich an der Rückenlehne und schloss die Augen. Laney blinzelte auf, als sie seine Lippen auf ihrer Stirn spürte.

„Ich bereite jetzt das Abendessen vor. Schlaf nicht ein. Ich komme wieder und wasche dich", versicherte er ihr.

„Okay, Daddy", flüsterte sie und hob ihre Lippen, um einen Kuss zu fordern.

Er erwiderte den Kuss mit einem Kichern und stand dann auf. Fane drehte die Helligkeit des Lichts herunter, bevor er den Raum verließ.

Stille und Gelassenheit erfüllten den schönen Raum. Laney schloss noch einmal die Augen und ließ sich in das warme Wasser fallen. Seit ihr Daddy in ihr Leben getreten war, hatte sie so viel darüber gelernt, wie man die Arbeit mit dem Leben in Einklang bringt. Mit jedem Tag, den sie mit Fane als ihrem Assistenten verbrachte, war ihr Stresspegel gesunken.

Sharon. Sie hatte Piper für Easton gefunden und dafür gesorgt, dass Fane ihr Assistent wurde. Die Frau schien ein Händchen dafür zu haben, die richtigen Beziehungen zu knüpfen. Laney wusste, dass Sharons Leben jetzt eine Herausforderung war. Laney nahm sich einen Moment Zeit, um ihr unterstützende Wünsche zu schicken und hoffte, dass sie ihr vielleicht ein wenig helfen würde.

Laney fühlte sich angespannt und folgte den Anweisungen ihres Daddys, sich zu lockern. Sie spreizte ihre Beine leicht und ließ zu, dass die Wärme ihren Po beruhigte. Ihre Öffnung tat nicht weh - sie erinnerte sie nur an seine Kontrolle und seinen Besitz. Als sie vollständig ausatmete, genoss Laney das Gefühl, dass Fane sich so sehr um sie kümmern wollte. Sie brauchte ihn in ihrem Leben.

KAPITEL 15

Laney wachte an ihren Daddy gekuschelt auf. Sie warf einen Blick auf die Uhr, sie wusste, dass ihr Tag bald beginnen würde, weshalb sie diese ruhige Zeit mit ihm auskosten wollte. Nach dem Bad hatte sie so gut geschlafen. Fane hatte sie gefüttert und sie früh ins Bett gebracht.

Als sie nun erfrischt aufwachte und sich geliebt fühlte, verglich Laney ihr Leben von vor kurzem mit dem jetzigen. Vorher hatte sie funktioniert und sich darauf konzentriert, beruflich auf hohem Niveau zu arbeiten. Seit sie Fane getroffen hatte, war das Geschäftliche immer noch sehr wichtig. Es wurde jetzt nur durch sein Beharren darauf gemildert, dass sie sich auch um sich selbst zu kümmern hatte. Laney genoss es sehr, jemanden zu haben, der sich besonders um sie sorgte.

Ich sollte ihm eine Freude machen. Während sie einen Blick auf Fanes schlafendes Gesicht warf, beschloss Laney, ihm Frühstück zu machen. Sie hatten nicht darüber gesprochen, dass sie seine Küche nicht benutzen sollte.

Leise rollte sie sich von der Wärme ihres Daddys fort und vermisste sofort den Kontakt zu ihm. Um nicht nachzugeben und sich wieder neben ihm zusammenzurollen, ließ Laney ihre Füße auf den Teppich sinken und stand auf. Fanes regelmäßiger Atem geriet leicht ins Stocken und sie erstarrte auf der Stelle. Da er nicht aufwachte, schlich sie sich aus dem Zimmer und schloss die Tür hinter sich.

Als sie die Küche betrat, nahm Laney den Inhalt des Kühlschranks in Augenschein. Eier, Orangensaft und eine Packung Kekse. Ihr Magen knurrte. Sie holte ihre Favoriten heraus und legte sie auf den Tresen neben einen Stapel Post, den Fane offensichtlich gestern Abend hereingebracht hatte. Mit einer kurzen Drehung ihres Handgelenks schaltete sie den Ofen ein, um ihn vorzuheizen.

Laney schob die Post etwas zur Seite, um Platz für das kleine Blech zu schaffen. Mehrere Briefe fielen auf den Boden.

„Mist!", fluchte sie, bevor sie über sich selbst lachte. Laney hatte so lange Schimpfwörter vermieden, um ihr professionelles Erscheinungsbild zu wahren, dass sie fast vergessen hatte, wie man richtig fluchte.

Sie beugte sich vor, um die Post aufzuheben und legte alles zurück auf den Tresen. Ein rosa Umschlag zog ihr Interesse auf sich. Laney zog ihn aus dem Stapel heraus und betrachtete ihn. Der Absender hatte Fane Bogart und seine Adresse in einer schönen, fließenden Handschrift auf das Kuvert geschrieben. Der musste von einer Frau sein. Ein schwacher Hauch von Parfüm wehte ihr entgegen, so dass sie das Papier an ihre Nase hielt.

Eifersüchtig suchte sie nach einer Absenderadresse. Die obere Ecke war leer, aber ihre Finger strichen über etwas Erhabenes auf der Rückseite. Sie blätterte den Brief um und starrte auf das altmodische rote Wachssiegel. *Daddy.*

Fane hatte bereits ein Little Girl. Er hatte sie angelogen. Sie musste hier raus. Laney war schon halb aus der Küche gerannt, bevor sie zurücksprang, um den Ofen auszuschalten. Selbst wenn sie stinksauer auf ihn und untröstlich war, konnte sie ihn nicht anlassen und damit möglicherweise seine Sicherheit gefährden.

Elaine eilte ins Kinderzimmer und holte ihr Handy aus der Ladestation. Fane hatte eine Steckdose in eine Schublade eingebaut, damit sie ihr Telefon wegschließen konnte, wenn sie in ihrem Little-Zimmer war. Verzweifelt rief sie eine Fahrdienst-App auf und forderte ein Auto an. Jemand war in der Nähe. In zehn Minuten würde das Taxi da sein.

Schnell suchte sie nach Kleidung zum Anziehen. Sie streifte das weiche Nachthemd ab und holte Leggings und ein T-Shirt aus dem Schrank. Ihr BH und ihr Höschen waren im Hauptschlafzimmer bei ihrer Arbeitskleidung für Erwachsene. Da konnte sie nicht mehr reingehen. Elaine rollte über ihre Dummheit mit den Augen und stellte fest, dass ihr Mitarbeiterausweis in Fanes Auto lag, wo sie ihn von ihrer Bluse gezerrt hatte, um die Plastikkarte in den Becherhalter der Konsole zu werfen. Der Lichtschalter befand sich im Inneren der Garage. Sie wollte nicht allein in diesen stockdunklen Raum gehen. Jetzt würde sie nicht nur vor dem Eingang wie eine vernachlässigte Geliebte aussehen, sondern sich auch noch einen neuen Ausweis anfertigen lassen müssen.

Ihr Blick konzentrierte sich auf das schöne Bett. Ballsy sah sie alarmiert an. Das heißgeliebte Stofftier wusste immer, wenn sie traurig war. Zum Glück hatte sie ihn im Kinderzimmer gelassen. Er hatte sich an Blueberry gekuschelt. Elaine schnappte sich das weiche Kaninchen ebenfalls. Zum ersten Mal traten ihr Tränen in die Augen. Sie brauchte etwas, das sie an ihre Zeit mit Fane erinnerte.

Elaine wickelte die beiden Stofftiere in ein weiteres T-Shirt und löschte das Licht im Kinderzimmer. Sie schlich den Flur entlang durch das große Zimmer und die angrenzende Küche. Die Lebensmittel, die noch auf der Theke standen, erinnerten sie daran, wie viel sie in wenigen Sekunden verloren hatte. Hätte sie jemals erfahren, dass ihr Daddy etwas mit einem anderen Little Girl hatte, wenn sie den Umschlag nicht gefunden hätte?

Sie straffte ihren Rücken, eilte zur Tür und trat geräuschlos hinaus. Verletzt, so furchtbar verletzt durch seinen Betrug, sah Elaine auf die Uhr. Zwei Minuten später fuhr ein Kleinwagen in die Einfahrt. Ihr professioneller Verstand reichte noch aus, um das Nummernschild mit der App zu vergleichen, um ihre Sicherheit zu gewährleisten. *Zum Glück gibt es Angewohnheiten.*

„Guten Morgen, Ms. Rivers. Brauchen Sie eine Fahrt zu Turm B?", fragte der Wachmann am Tor von Edgewater Industries, als sie aus der Taxe direkt vor dem Tor ausstieg.

„Danke, Jim. Das würde ich sehr zu schätzen wissen."

Elaine wollte sich nicht ausmalen, was der stille Sicherheitsmann dachte, als er sie durch den wachsenden Verkehr von Leuten fuhr, die zur Arbeit gingen. Ihr Telefon hatte ununterbrochen mit eingehenden Nachrichten von Fane gebrummt. Sie sah, wie Jim einen Blick auf ihr Gerät warf, aber zum Glück stellte er keine Fragen.

Elaine ging durch die Glastüren und steuerte auf den Aufzug zu. Als sie einen Blick auf Knox erhaschte, änderte sie ihren Kurs, um ihm zu begegnen noch bevor er die Rezeption erreichte.

„Knox, ich muss Fane von der Gästeliste für mein Stockwerk streichen. Außerdem muss ich meinen Ausweis deaktivieren und einen neuen beantragen, bitte."

„Das kann ich alles tun, sobald ich an meinem Schreibtisch bin", versicherte er ihr. Sein Blick strahlte Besorgnis aus. „Ich weiß, dass etwas passiert ist. Es geht mich zwar nichts an, aber haben Sie mit Fane gesprochen? Manchmal lassen sich Missverständnisse leicht aufklären."

„Ich stimme zu. Es geht dich nichts an. Danke, dass du dich auf deinen Job konzentrierst", schnauzte sie ihn an und war kurz davor, die Kontrolle zu verlieren. Wütend blinzelnd, klammerte sich Elaine an ihre Würde. Sie weigerte sich, in der Lobby zu weinen.

Auf Knox' Nicken hin wirbelte Elaine zurück zum Aufzug und suchte in der verlassenen Kabine Schutz vor den Blicken der anderen. Sie konnte sich kaum davon abhalten, den Flur hinunterzurennen, als sie auf ihrer Etage aus dem Aufzug trat. Schließlich schloss sie sich in ihrer Wohnung ein, die sich jetzt seltsam anfühlte. Sie wirkte verlassen und unbewohnt. Mit den Schultern gegen die Holztür gelehnt, ließ Elaine schließlich zu, dass ihr die Tränen über die Wangen liefen.

Fane hat bereits eine Little. Wie konnte er mir das nur antun?

Elaine erlaubte sich genau fünf Minuten zu weinen. Dann wischte sie sich die Feuchtigkeit aus den Augen und richtete ihr Rückgrat auf.

Sie stürmte zu ihrem Schreibtisch, öffnete ihren Computer und loggte sich in das Portal von Edgewater Industries ein. Sie schickte eine Nachricht an Easton.

Bitte benachrichtige mich, wenn Fane Bogarts Versetzung in eine andere Position abgeschlossen ist. Bis dahin werde ich von zu Hause aus arbeiten.

Sie war es leid, manipuliert zu werden. Elaine hatte mehrere Jahre lang am Aufbau von Edgewater Industries gearbeitet. Es würde ihr schwer fallen, das Unternehmen zu verlassen, aber sie würde es tun müssen, wenn sie gezwungen werden sollte, mit Fane zu arbeiten.

Ihr Telefon klingelte, und sie schaute aus Gewohnheit auf den Namen des Anrufers. Easton.

„Hallo?"

„Elaine, wir müssen reden. Bitte komm um zehn Uhr in mein Büro." Eastons Stimme war professionell.

„Ich werde dort sein, um mich mit dir allein zu treffen", betonte sie.

„Nur wir zwei", versicherte ihr Easton.

Als Elaine die Verbindung unterbrach, sah sie eine weitere Nachricht von Fane auf ihrem Bildschirm. Unfähig, sich zurückzuhalten, öffnete sie den Bildschirm und las. Die ersten Nachrichten waren gefüllt mit Sorgen um ihre Sicherheit. Daraus entwickelten sich dann Fragen darüber, was vor sich ging. Schließlich bat Fane um ein Treffen mit ihr, um die Unklarheiten zu beseitigen.

Bitte hören Sie auf, mir Nachrichten zu schicken. Ich weiß, was los ist und dass Sie gelogen haben. Räumen Sie sofort Ihren Schreibtisch und warten Sie auf Ihre Versetzung.

Während sie ihr Display betrachtete, kam eine neue Nachricht herein.

Du hast das falsch verstanden ...

Sie las nur die ersten fünf Worte und wählte dann die Taste, mit der sie seine Nummer sperrte. Elaine war durch mit der Sache.

Elaine hob das zusammengeknüllte T-Shirt auf, ging in ihr Schlafzimmer und wickelte die beiden Stofftiere aus. Sie küsste beide, während sie den Rolly-Poly und den Hasen unter ihre Decke steckte. Mit einem letzten Tätscheln der Bettdecke ging sie zurück zu ihrem

Kleiderschrank und suchte sich Kleidung für ihr Meeting mit Easton aus.

Ihr Magen knurrte vor Hunger, als sie in einem strengen schwarzen Kleid und Pumps herauskam. Elaine strich den Rock glatt, bevor sie ins Bad ging, um ihr Make-up aufzutragen. Mit den älteren Produkten, die sie nicht mit zu Fane genommen hatte, löschte sie jedes Zeichen von Traurigkeit und ersetzte sie durch ihr professionelles Gesicht. Die stellvertretende Geschäftsführerin von Edgewater war bereit aufzubrechen.

Sie nahm den Aufzug ins Untergeschoss, um Knox an der Rezeption zu vermeiden. Während sie durch den unterirdischen Tunnel zum A-Turm schritt, überlegte Elaine, was sie Easton sagen würde. Ihre Beziehung war immer professionell gewesen - sie würde ihr Geschäftsimage aufrechterhalten.

Elaine nahm den Aufzug direkt zu Eastons Büro und steuerte auf Pipers Schreibtisch zu. „Guten Morgen, Piper. Ich habe um zehn Uhr einen Termin bei Easton. Ist er soweit?"

„Hey, Elaine." Piper beugte sich vor und flüsterte: „Es tut mir leid", bevor sie ankündigte: „Mr. Edgewater ist jetzt frei, wenn du in sein Büro gehen möchtest."

Elaine ignorierte die vertrauliche Mitteilung, nickte und drehte sich um, um das Büro ihres Chefs zu betreten. Easton stand auf, als sie eintrat, und wies mit einer Geste auf einen Stuhl vor seinem Schreibtisch. „Ich bin froh, dich zu sehen, Elaine."

„Wir hätten diese Angelegenheit lösen sollen, als ich das erste Mal danach gefragt habe", antwortete sie kalt. „Wurde Fane aus meinem Büro entlassen?"

„Ich glaube, ihr zwei solltet euch unterhalten", begann Easton und hielt inne, als Elaine ihn unterbrach.

„Ich möchte mich auf Edgewater Industries konzentrieren und auf nichts anderes", erklärte sie entschieden. „Wurde Fane aus meinem Büro entlassen?"

„Noch nicht. Ich möchte, dass ihr beide miteinander redet. Ich bin gerne bereit, ein Treffen zu arrangieren ..."

„Nein, danke. Ich werde von meiner Wohnung aus arbeiten, bis Sie mir mitteilen, dass er mein Büro geräumt hat. Easton, ich will ganz offen sein. Es war ein Fehler, dass ich Fane in mein Leben gelassen habe. Ich habe mein Privat- und Geschäftsleben immer getrennt gehalten. Das ist offensichtlich die Praxis, zu der ich zurückkehren muss."

Als er erneut das Wort ergriff, fuhr sie fort, über ihn hinweg zu sprechen. „Im Homeoffice zu arbeiten ist nicht optimal. Wenn ich in drei Tagen nichts von dir höre, werde ich meine Kündigung einreichen, damit du einen Ersatz finden kannst, der in meinem Büro arbeiten kann."

„Das ist nicht nötig, Elaine. Ich bitte dich lediglich darum, mit Fane zu sprechen. Nach diesem Gespräch werde ich ihn sofort versetzen, wenn du es wünschst."

„Easton, bitte lass jegliche Versuche, diese Angelegenheit zu bereinigen, beiseite. Es geht dich einfach nichts an."

Ihr Chef nickte. „Ich glaube, du machst einen Fehler, aber du hast recht. Das geht Edgewater Industries offiziell nichts an. Das Funktionieren des Unternehmens ist meine Sache. Als eine meiner Angestellten musst du mit voller Konzentration arbeiten können."

„Ich werde mein Bestes tun, sobald du mein Büro räumst, damit ich dort arbeiten kann. In der Zwischenzeit werde ich in meiner Wohnung sein", antwortete Elaine. Sie wusste, dass er darauf anspielte, dass ihre Produktivität durch die von Fane geplanten Arbeitsunterbrechungen gestiegen war. Er hatte recht. Den Fehler im Bericht des Gutachters zu finden, war nur mit Fanes Hilfe möglich gewesen.

Sie wandte sich zum Gehen und hielt an der Tür inne. „Stell sicher, dass er an einem guten Ort landet." Mit schnellen Schritten entfernte sich Elaine von seiner erwarteten Antwort.

KAPITEL 16

Einen Tag später schickte Fane ihr eine Nachricht. *Ich bin nicht länger dein Assistent. Ich werde immer dein Daddy sein. Wenn du in der Lage bist mit mir zu sprechen, werde ich hier sein.*

Irgendwie fühlte sich Elaines Triumph nicht wie ein Sieg an. Sie sammelte ihr Material von zu Hause ein und ging zum Gebäude A. Sie konzentrierte sich auf ihren Weg und nahm keine der Begrüßungen oder Rufe der Mitarbeiter, die sie während ihrer Zeit mit Fane getroffen hatte, zur Kenntnis oder gar wahr.

Als sie den Aufzug verließ, ging sie den Flur entlang zu ihrem Büro. In der Mitte des Flurs stand ein Schreibtisch, auf dem eine Reihe vertrauter Büroutensilien verstreut waren. Eine Kollegin rannte von hinten in sie, als Elaine abrupt stehen blieb.

„Huch! Sie haben Fane, unseren neuen Flurwächter, noch nicht gesehen, Ms. Rivers? Er ist ein Scherzkeks", kommentierte die Frau, während sie um den Schreibtisch herum und weiter den Flur hinunter ging.

Elaine hielt neben Fanes Schreibtisch inne, als er ein lebensgroßes Stoppschild hochhielt.

„Sie können nicht mitten im Flur sitzen, Fane", zischte sie mit leiser Stimme, als er der Angestellten erlaubte, weiterzugehen.

„Ich bin aus Ihrem Büro verwiesen worden. Im Bereich der

Verwaltungsassistenten im zweiten Stock waren keine Schreibtische mehr frei. Ich bin nur hier, bis ein anderer Schreibtisch frei wird", erklärte er mit einem Lächeln.

Er stand auf und rückte seinen Stuhl so weit nach vorn, dass der Verkehr im Flur reibungslos um ihn herum ablaufen konnte. „Ich habe mich in Ihrem Kalender für ein Treffen heute Morgen eingetragen. Passt es Ihnen, wenn ich jetzt mit Ihnen spreche?"

„Nein. Der Termin ist gestrichen. Ich möchte nicht mit Ihnen sprechen", antwortete Elaine. Sie drehte sich auf den Fersen um und schritt durch den Korridor.

Elaine verfluchte Easton für die breiten Flure, die er in den ABC-Türmen gebaut hatte und zwang sich, einen professionellen Gesichtsausdruck aufzusetzen, auch wenn sie innerlich vor Wut kochte. Sie überlegte, ob sie ihn dem Brandinspektor als potentielle Gefahr melden sollte, aber sein seitlich stehender Schreibtisch nahm nicht einmal ein Drittel des geräumigen Flurs ein.

Sie ging in ihr Büro und versuchte, den leeren Raum, der Fane gehört hatte, zu ignorieren. Sie ging in ihr privates Büro, schaltete ihren Computer ein und begann zu arbeiten. Eine Terminerinnerung erschien auf ihrem Bildschirm. Sie löschte sie.

Ich werde mich nicht mit ihm treffen.

Elaine stürzte sich in die Arbeit. Sie war gerade auf der zweiten Seite eines Berichts einer Abteilung, in dem es um ein spezielles Problem an deren Standort ging, als in der Ecke ihres Bildschirms eine zweite Einladung zu einem Treffen erschien. Wieder lehnte sie sie ab.

Nachdem sich dies etwa alle zehn Minuten wiederholte, öffnete sie ihren Kalender und sperrte Fane den Zugriff auf ihren Terminkalender. Elaine kehrte zur Arbeit zurück, musste aber feststellen, dass sie auf eine weitere Störung wartete. Ihr wurde bewusst, dass sie die letzten vier Seiten des Berichts nicht wirklich aufgenommen hatte. Sie schnappte sich ein Blatt Papier und zwang sich dazu, sich zu konzentrieren und Notizen zu machen.

Gegen Mittag erschien Cynthia mit einem Tablett aus der Cafeteria. „Hallo, Elaine. Ich habe deine Bestellung für das Mittagessen. Ich schicke jemanden, der das Tablett und das Geschirr in einer Stunde abholt, wenn das okay ist."

Ihr erster Gedanke war, es gleich wieder zurückzuschicken. Elaine stand auf und wies mit einer Geste auf den kleinen Tisch an der Seite ihres Büros. „Danke, Cynthia. Stell es einfach dort ab. Ich werde von nun an in die Cafeteria kommen. Ihr seid alle zu beschäftigt, um mir Essen zu bringen. Falls du wieder eine Bestellung für mich bekommst, ignoriere sie."

„Oh, nein. Das würden wir nicht tun. Ich liebe es, den Leuten Tabletts vorbeizubringen. Du kannst immer gern Essen bestellen!" Cynthia beeilte sich, Elaine zu beruhigen.

Was hätte Elaine sonst noch sagen können? „Nochmals vielen Dank."

„Gern geschehen. Guten Appetit!" Cynthia lächelte Elaine an, bevor sie ging.

Da sie wusste, dass es lächerlich war, das köstlich duftende Essen aus Trotz zu verschwenden, stand Elaine von ihrem Schreibtisch auf und aß dort. Das Sandwich und der Salat waren genau das, was sie selbst bestellt hätte. Es gab keinen Zweifel, wer das bestellt hatte. Fane kümmerte sich immer noch um sie.

Elaine ließ sich von seiner freundlichen Geste nicht täuschen. Sie wiederholte in Gedanken: „Fane hat noch eine Little. Er hat gelogen." Jedes Mal schien es ein wenig von dem Schock zu verlieren, den sie empfunden hatte, als sie den Umschlag fand.

Nachdem sie ihr Mittagessen beendet hatte, vertiefte sich Elaine in ihre Arbeit. Sie versuchte, ihr wachsendes Bedürfnis, auf die Toilette zu gehen, zu ignorieren. Entschlossen, nicht in den Flur zurückzukehren, bis er für den Tag gegangen war, versuchte sie sich einzureden, dass sie nicht gehen musste.

„Ich verlasse meinen Schreibtisch, um eine Akte zum C-Turm zu bringen", blinkte auf ihrem Computer.

Elaine sah auf die Uhr und rannte nach drei Minuten in den Flur, an seinem leeren Schreibtisch vorbei und ins Bad. *Nein, nein, nein, nein, nein!* Schrie und bettelte sie in ihrem Kopf, während sie den engen Rock über ihre Hüften schob. *Geschafft!*

Als sie zurück in ihr Büro eilte, fand sie einen Klebezettel auf eben jenem rosa Umschlag, der auf ihrer Tastatur lag. *Öffne ihn!*

Fane war nicht an seinem Computer gewesen, als sie zurückkam, aber irgendwie muss er reingekommen sein, als sie auf der Toilette gewesen war. Elaine atmete tief durch. Sie konnte schwach seinen einzigartigen Duft riechen - warm, männlich, Fane. Ihre Knie gaben nach und sie setzte sich auf ihren Stuhl. Sie war so was von im Arsch. Ihr Herz und ihr Verstand befanden sich an zwei völlig verschiedenen Orten.

Sie nahm den rosa Umschlag, öffnete die unterste Schublade und ließ ihn hineinfallen. Elaine konnte ihn nicht öffnen. Vielleicht an einem anderen Tag. Nicht heute.

A m dritten Tag wünschte sich Elaine nichts sehnlicher, als von zu Hause aus zu arbeiten. Ihr Kopf pochte vor lauter Stress, weil er nur wenige Schritte von ihrer Haustür entfernt war. Fane schickte weiterhin regelmäßige Anfragen für ein Treffen per E-Mail. Sie blockierte jede einzelne davon.

Ein Klopfen an ihrer Tür riss sie von dem Projekt ab, in das sie sich vergraben hatte. Als sie aufblickte, sah sie einen Mann und eine Frau an ihrer Tür, die beide ein Besucherschild trugen.

„Sie müssen im falschen Büro sein. Wen suchen Sie?", fragte sie höflich, als sie aufstand.

„Sind Sie Elaine Rivers?", fragte die junge Frau.

„Das bin ich. Hatten wir einen Termin?" Sie wollte ihren Kalender aufschlagen, doch die Worte des Mannes hielten sie auf.

„Sie haben den Brief noch nicht gelesen, oder?" Seine Stimme war voller Kraft - sanft, aber mit unterschwelligem Nachdruck.

Elaine antwortete, ohne nachzudenken. „Ich schaffe es nicht."

„Dann lassen Sie mich Ihnen sagen, was darinsteht", platzte die Frau heraus.

„Mein Name ist Anabel. Ich habe Fane auf dem College kennengelernt. Wir waren zusammen in einem Mathekurs. Thomas war unser Professor", erklärte Anabel.

„Fane hat versucht, mich anzuleiten, aber ich habe es nicht verstanden. Ich war noch nie gut in Mathe und ich hasse es. Fane wandte sich an Thomas, um Hilfe für mich zu bekommen. Daddy nahm mich unter seine Fittiche und gab mir Nachhilfe."

„Daddy?" Elaine echote und versuchte, Anabels Worte zu verstehen.

„Er ist mein Daddy. Wir sind schon seit mehreren Jahren zusammen. Seit drei Jahren verheiratet", stellte Anabel klar.

„Erzähl ihr den Rest, Kleine", wies Thomas sie an. Sein Tonfall war mild, aber unabweisbar.

„Am Anfang war ich dumm. Ich bin mit ein paar Typen ausgegangen, während ich mit Daddy zusammen war. Er hat dem ein Ende gesetzt. Er hat mir eine zweite Chance gegeben, aber ich habe sein Vertrauen definitiv zerstört. Das haben wir im Laufe der Jahre wieder aufgebaut, aber ich möchte nicht, dass er sich ... nun ja, so fühlt wie du jetzt."

„Ich glaube, du hast keine Ahnung, wie ich mich fühle", korrigierte Elaine sie unverblümt.

Anabel sah krank aus. „Ich hätte nie gedacht, dass mein Brief dazu führen würde, dass Fane seine Chance auf Glück verliert."

„Ich verstehe nicht, warum du hier bist", sagte Elaine kalt.

„Weil ich in der Vergangenheit so viel Mist gebaut habe, bespreche ich Unterhaltungen oder Briefe immer vorher mit Daddy. Er drückt mir seinen Stempel auf, bevor ich etwas abschicke. Fane ist nicht mein Daddy, Thomas ist es."

Elaine wusste nicht, was sie darauf antworten sollte. Sie schaute zwischen den beiden Besuchern hin und her.

„Auf dem Brief, den ich abgeschickt habe, ist ein Wachssiegel. Das ist Daddys Stempel", fügte Anabel eilig hinzu.

Thomas griff in seine Tasche und zog einen polierten Holzgriff mit einem flachen Metallende heraus. „Ich verlange von Anabel nicht, dass sie ihre Mitteilungen mit anderen Männern mir vorher zukommen lässt. Sie hat sich selbst dazu entschieden, sie mir vorzulegen. Dies ist der Stempel, mit dem ich ihre Briefe versiegele."

Er drehte das Objekt, um Elaine das in das glänzende Messing gemeißelte Wort zu zeigen. Die Buchstaben waren seitenverkehrt, aber sie konnte leicht erkennen, was sie bedeuteten. Daddy.

„Liest du den Brief jetzt?", fragte Anabel.

Elaine nickte, öffnete ihre unterste Schublade und zog den rosa Umschlag heraus. Sie öffnete ihn und zog ein Blatt Briefpapier heraus, das auf einer Seite mit Erdbeeren verziert war. Elaine faltete die Seite auf und las:

L iebster Fane,

    ich musste dir schreiben, als Daddy mir sagte, dass du deine Kleine gefunden hast. Mein Herz zerspringt vor Freude. Ich hoffe, dass du und Laney für eine Milliarde Jahre glücklich seid und dass sie dich so sehr liebt, wie du sie liebst.

Deine Mathe-phobische Freundin,

Anabel

P.S. Komm uns bald besuchen. Daddy und ich würden uns freuen, Laney kennenzulernen.

I ch wollte kein Problem zwischen Ihnen und Fane provozieren. Ich fühle mich schrecklich. Wir sind so schnell wie möglich hergeflogen, um mit Ihnen zu reden." Anabels Stimme verstummte, als wüsste sie nicht, was sie sagen sollte.

Ein Geräusch von der Tür her erregte Elaines Aufmerksamkeit. Fane stand einen Schritt vor ihrem Büro. Er sah mitgenommen aus. Sie konnte sehen, dass er sich vor Verzweiflung mit den Fingern durch die Haare gefahren war, so wie er es oft getan hatte, während er versucht hatte, ihr Büro aufzuräumen.

„Sie sind nicht ihr Daddy?", fragte Elaine, die wie erstarrt an ihrem Schreibtisch stand.

„Niemals. Anabel und Thomas sind eng befreundet. Ich wusste schon mit neunzehn, dass Anabel nicht mein Little Girl ist. Das hat sich nie geändert", antwortete er und ging auf sie zu. „Du bist diejenige, um die ich mich bemüht habe."

Elaine machte einen Schritt auf ihn zu und dann noch einen, bevor sie nach vorne lief und sich in seine Arme warf. „Es tut mir so leid."

„Ich möchte, dass du mir versprichst, dass du mit mir sprichst, wenn du dir jemals wieder Sorgen um unsere Beziehung machst, Laney." Fane strich mit den Fingern durch ihr Haar und streichelte ihren Hinterkopf.

„Ich verspreche es. Ich bin so dumm gewesen."

„Nicht dumm. Verletzt", schlug er vor. „Es hat mich zerrissen, dass ich dir nicht helfen konnte, den Schmerz zu lindern, den du empfunden hast."

Die Tür schloss sich hinter ihnen, aber weder Laney noch Fane wandten sich um. In der darauf folgenden Stille zog Fane ihr Gesicht zu seinem. Seine Lippen trafen ihre in einem flüsternden, weichen Kuss, der ihr Herz berührte. Sie schlang ihre Arme um seinen Hals und presste ihre Lippen auf die seinen. Laney drückte sich an seine Brust, weil sie keinen Zentimeter zwischen ihnen lassen wollte. Leidenschaft flammte zwischen ihnen auf, als Fanes Hände über ihren Rücken wanderten. Sie spürte, wie sein Schwanz an ihr hart wurde. Fane wollte sie immer noch. Das Bedauern über die verlorenen Tage, die sie gemeinsam hätten verbringen können, überkam sie und Tränen traten aus ihren Augen und liefen ihr über das Gesicht.

„Laney, Kleine? Warum weinst du?", fragte er und lehnte sich besorgt zurück.

„Ich habe Ihnen wehgetan. Ich habe Ihnen nicht einmal eine Chance gegeben, es zu erklären", schluchzte sie.

Fane beugte sich hinunter und schob einen Arm unter ihre Beine, um sie in seine Arme zu nehmen. Er trug sie hinüber zu dem Bürostuhl hinter ihrem Schreibtisch und setzte sich mit ihr auf seinem Schoß. „Es war eine Reihe unglücklicher Umstände, die noch dadurch verschlimmert wurden, dass wir nicht in der Lage waren, es zu besprechen. Das darf nicht wieder vorkommen. Kannst du dich verpflichten, mir das nächste Mal wenigstens zuzuhören?"

„Das würde ich gerne versprechen, aber was ist, wenn ich noch einen weiteren Fehler begehe? Ich war mir so sicher, Fane, dass Sie mich nur für dumm verkaufen würden."

„Ich genieße das Leben, Laney, aber ich weiß auch, was wichtig ist. Ich möchte, dass du an all unsere ernsten Gespräche zurückdenkst.

Da ging es nicht um Drachen, Stofftiere oder Witze. Nur du und ich haben uns aufeinander abgestimmt."

Sie schloss die Augen, als sie sich an ihre gemeinsame Zeit erinnerte. Fane hatte Recht. Laney hatte sich ihn immer als einen lebenslustigen Mann vorgestellt, der nichts weiter als Freude und Lachen in ihr strenges, konzentriertes Leben brachte. In Wirklichkeit war er so viel mehr als das.

„Wollen Sie mich immer noch? Sie wissen schon ... als Ihre Little?", zwang sie sich zu fragen, weil sie Angst vor seiner Antwort hatte.

„Du bist meine Little. In guten wie in schlechten Zeiten. Mein Herz erträgt es nicht, wenn du nicht mehr mit mir redest, also frage ich dich noch einmal. Wirst du dich verpflichten, mir in Zukunft zuzuhören?"

„Egal, was passiert?", fragte sie und versuchte, sich eine Zeit vorzustellen, in der sie dieses Versprechen nicht einhalten könnte.

„Ja. Unsere Beziehung muss dir genauso wichtig sein wie dein geschäftlicher Ruf. Du hast hart gearbeitet, um all deine Erfolge zu erzielen. Wirst du die gleiche Energie und Konzentration auch in unsere Beziehung stecken?"

„Ich bin gut in dem, was ich hier mache. Ich glaube nicht, dass ich ein sehr gutes Little Girl bin", gab sie zu.

„Du bist nicht sicher, wenn du ein Little Girl bist. Es ist ein Risiko für dich."

Laney nickte. „Es ist beängstigend und aufregend und neu zugleich."

„Wie fühlst du dich, wenn wir zusammen sind, Laney?"

Sie atmete langsam aus und sammelte ihren Mut. „Besser als ich mich je zuvor gefühlt habe." Laney rückte seinen Kragen zurecht und ließ sich Zeit zum Nachdenken. „Ich verspreche, Ihnen zuzuhören."

„Danke, meine Kleine." Fane drückte ihr einen weiteren sanften Kuss auf die Lippen.

„Ist es das? Verzeihen Sie mir?"

„Natürlich. Und du wirst dir nach deiner Bestrafung selbst verzeihen."

„Meine Bestrafung?", wiederholte sie und spürte, wie sich ihre Augen vor Schreck über seine Worte weiteten.

KAPITEL 17

„Ich soll das nach Hause tragen?", fragte Laney und biss sich auf die Lippe, als sie das Paddel in Fanes Hand sah.

„Leg es in deine Aktentasche, Laney", wies er sie an, bevor er zu seinem Schreibtisch zurückkehrte, der nun wieder der gerade noch freie Platz im Vorzimmer war.

Sie starrte auf das schwere Holzgerät. Er hatte es in der Schachtel auf seinem Schreibtisch verstaut, als er am ersten Tag angekommen war. Es machte ihr Angst. Fane hatte sie schon einmal versohlt, aber nur mit seiner Hand. Laney schluckte hart, bevor die Stimme ihres Chefs im Vorzimmer sie dazu zwang, es schnell in ihrer Tasche verschwinden zu lassen.

„Hallo, Easton! Ja, ich habe vom Flur die Flucht ergriffen. Wollten Sie mit Elaine sprechen?", fragte Fane nonchalant.

„Ich würde gern mit euch beiden sprechen, wenn es euch passt."

Diese einfache Bitte ließ Elaine aufstehen. Sie strich sich den Rock über den Hüften glatt, während sie auf die Tür zuging.

„Easton, natürlich haben wir Zeit für dich." Elaine winkte ihn in ihr Büro, während sie einen Schritt zurücktrat, um ihm den Weg freizumachen. Fane folgte dem Gründer von Edgewater Industries in den Raum und schloss die Tür, um ihre Privatsphäre sicherzustellen.

Elaine beobachtete Easton dabei, wie er zum Fenster ging und über den Campus blickte, den er errichtet hatte. Elaine gesellte sich zu ihm, als sich Stille über den Raum legte. Wollte er sie etwa feuern?

Schließlich wandte sich Easton an sie. „Elaine, ich zähle auf dich als meine Stellvertretung für äußerst schwierige Aufgaben und Ratschläge. Während deiner Zeit hier ist mein Vertrauen in deine Hingabe und deine extreme Effizienz rasant gewachsen. Im Leben geht es jedoch nicht nur darum, Geld zu verdienen und das Geschäft auszubauen. Es ist einfach, bei dem zu bleiben, was man beherrscht und so schwierig, alles auf etwas zu setzen, wovon man überhaupt nichts versteht."

„Easton, willst du mich feuern?", fragte sie und straffte ihr Rückgrat.

Er beachtete ihre Frage nicht, sondern sprach weiter, als hätte sie ihn nicht unterbrochen. „Ich bin älter als du es bist. Ich habe mehr Erfahrungen und harte Entscheidungen hinter mir. Eines weiß ich: Niemand sollte versuchen, ohne jemanden durchs Leben zu gehen, der ihm den Rücken freihält. Ich kann mit absoluter Zuversicht sagen, dass du und ich, wenn es um Edgewater Industries geht, dieses Bedürfnis füreinander erfüllen."

Er hob die Hand, als Elaine den Mund öffnete, um sich einzumischen. „Ich bitte darum, dass du erlaubst, mich sprechen zu lassen."

Als sie nickte, fuhr er fort: „Die Arbeit ist nur ein Teil deines Lebens. Das Leben ist der andere. Ich habe dich im letzten Monat in eine schwierige Lage gebracht - schwieriger als jeder Bericht oder jede Geschäftsentscheidung. Fane ist an mich herangetreten und hat mich gebeten, dein Verwaltungsassistent zu werden."

Elaine schaute über ihre Schulter und begegnete Fanes Blick, der scheinbar unbeteiligt mit einer Schulter an der Wand lehnte. Er nickte einmal und bestätigte damit, dass er sich darum bemüht hatte, ihr Assistent zu werden.

„Ich hätte mit dir reden können, aber ich wusste, dass du deine Rolle und dein Auftreten als integralen Bestandteil der Position als Stellvertretende Geschäftsführerin siehst und diesem deshalb mehr Wert als deiner wahren Persönlichkeit beimisst. Also habe ich dich ins Feuer geworfen, weil ich wusste, dass du, wenn du es überlebst, stärker und glücklicher daraus hervorgehen würdest."

„Du wusstest, dass ich ein Little bin", keuchte sie. „Woher?"

„Daddys wissen das immer. Für einen Menschen, der nicht von diesem Lebensstil angezogen wird, ist es nicht offensichtlich. Für diejenigen, die einen speziellen Zugang haben, ist ein Little wie ein Leuchtfeuer."

„Niemand sonst wusste es?"

„Nur sehr wenige. Knox, ein paar Mitglieder des Sicherheitspersonals, ein paar andere, die bei deinem zweiten Vorstellungsgespräch vor Jahren dabei waren, als du bei Edgewater Industries angefangen hast. Niemand hat darüber getratscht oder diese Information weitergegeben. Sie beschützen die Littles genauso, wie sie die ihren beschützt wissen wollen", versicherte er ihr.

„Das Wichtigste ist, dass ich möchte, dass du hier sowohl erfolgreich als auch glücklich bist. Ich habe mir in den letzten Monaten Sorgen gemacht, dass du kurz vor einem Burnout stehst. Als Fane zu mir kam, habe ich gehofft, dass er deine Chance auf Glück sein würde - sowohl für dich persönlich als auch für Edgewater Industries."

„Du bist ein kolossales Risiko eingegangen", konstatierte sie. „Dieses Büro hat diese Woche nicht gut funktioniert."

„Das stimmt. Das kann so nicht weitergehen", sagte Easton unverblümt.

Er räusperte sich, bevor er fortfuhr: „Nachdem du festgestellt hattest, wie gut ihr bei der Fertigstellung des letzten Quartalsberichts zusammengearbeitet habt, haben Fane und ich uns darüber unterhalten, wie es ist, ein Daddy in einer Arbeitsumgebung zu sein."

Elaine richtete sich bei der Vorstellung, dass die beiden Männer über sie sprachen, kerzengerade auf.

„Natürlich nie über unsere persönlichen Beziehungen", fügte Easton schnell hinzu, als er sah, dass sie sich ärgerte.

Sie drehte sich um, um diese Aussage mit Fane zu überprüfen. Elaine entspannte sich leicht, als er den Kopf schüttelte und mit dem Finger über sein Herz strich. Er stand in allen Dingen hinter ihr. Wie hatte sie ihre Beziehung aufs Spiel setzen können, ohne sich die Zeit zu nehmen, ihm zuzuhören?

Fane stieß sich von der Wand ab und näherte sich den beiden Führungskräften. „Danke, Easton, dass Sie uns diese Chance gegeben haben. Nur die Zeit wird Ihnen beweisen, dass wir uns bei der Arbeit und im Privatleben gegenseitig unterstützen können. Ich habe keine Bedenken, was die Zukunft angeht."

„Edgewater Industries war bis vor kurzem das Wichtigste in meinem Leben. Jetzt steht es an zweiter Stelle, aber ich kann dir versichern, dass meine Arbeit hier nicht darunter leiden wird", erklärte Elaine vorsichtig.

„Das ist alles, worum ich dich bitte." Easton machte sich auf den Weg zur Tür und hielt mit der Hand auf dem Türknauf inne. „Meinen Glückwunsch an euch zwei." Mit einem breiten Lächeln nickte er noch einmal und schritt durch die Tür.

Fane schloss die Tür hinter ihm und trat vor, um seine Arme um Laney zu legen. „Dieser Mann überrascht mich immer wieder aufs Neue."

„Er ist ziemlich unglaublich. Er hätte hier reinkommen und den Hammer auf mich werfen können. Edgewater Industries könnte wie alle anderen arbeiten und sich nur auf das Ergebnis konzentrieren."

„Er ist ein kluger Mann. Du hast einen großen Anteil an den Erfolgen seines Unternehmens. Irgendwann wärst du gegangen, wenn du dein Leben lediglich in Arbeit ertränkt hättest."

„Das klingt nach einer Behauptung, die Sie ihm bei Ihrem Treffen mitgeteilt haben könnten."

„Das stimmt", bestätigte Fane.

„Wird es uns gut gehen?", flüsterte sie.

„Nö. Wir sind weit davon entfernt, dass es uns gut geht und steuern gerade auf einen neuen Stern zu", versicherte er ihr.

„Er hat recht. Ich war ausgebrannt", gab sie zu. „Easton hat so gut wie immer recht."

Laney sah Fane an. „Das erinnert mich an jemand anderen. Wie werden wir unsere private Beziehung und unsere persönliche Beziehung unter einen Hut bringen?"

„Wir werden viel miteinander reden und uns gegenseitig vertrauen. Du bist die Geschäftsfrau."

„Und Sie sind der Daddy."

Fane klopfte ihr vielsagend auf den Po. „Ich bin der Daddy, meine Kleine."

Seufzend legte Laney ihren Bleistift ab und streckte ihre Hand aus. „Ich bin fertig."

Fane legte sein Buch weg und hob das Papier auf, über das sie sich in der letzten Stunde gebeugt hatte. Ihre Sätze „In Zukunft werde ich mich nicht weigern, mit meinem Daddy zu reden" füllten die Zeilen auf Vorder- und Rückseite. Er nickte zustimmend.

„Geh und hol das Paddel."

„Bitte. Kann das nicht meine Strafe sein?", flehte sie.

„Wie unglücklich warst du?"

Laney senkte ihren Blick. Er hatte recht. Der Gedanke, dass er bereits ein Little Girl hatte, hatte sie am Boden zerstört. Wenn sie ihn nur erklären lassen hätte.

Sie stand auf, ging zu ihrer Aktentasche hinüber und zog das dicke Holzpaddel heraus. Sie strich über die eingravierten Buchstaben auf einer Seite. Das würde so wehtun. Vielleicht würde er es schonend anwenden.

„Bring es her, Kleine", wies er sie sanft an.

„Ich will nicht", wimmerte sie.

„Ich weiß."

Langsam ging Laney auf ihr Verhängnis zu. Sie reichte ihm das Paddel und zögerte.

„Dieses Paddel wird hier in der Küche an der Wand hängen, um dich daran zu erinnern, dich zu benehmen. Ich werde nicht zögern, es in Zukunft zu benutzen, wenn du es brauchst. Aber für den Moment hängst du es dort an den Haken", wies er sie an und zeigte auf eine freie Stelle an der Wand.

Eifrig hüpfte sie fast hinüber, um es dort aufzuhängen, wo er es angezeigt hatte. Als sie sich umdrehte, sah sie, dass Fane aufgestanden war. Seine Finger lösten die Schnalle an seinem Hosenbund, bevor er seinen Ledergürtel aus den Laschen zog.

„Sie wollen Ihren Gürtel benutzen?", flüsterte sie.

„Ja."

„Wird das wehtun?"

„Ja."

Ihr Herz sank in ihrer Brust, als sie sah, wie er den Lederstreifen an einer Hand aufrollte. Ihr starrer Blick blieb darauf haften und sie stand wie versteinert da.

„Komm her."

Mit steifem Gang ging sie mit kleinen Schritten auf Fane zu. Als sie vor ihm stand, setzte er sich auf seinen Stuhl, um sie zwischen seine Beine zu lotsen. Nachdem er seinen Gürtel auf den Tisch gelegt hatte, zog Fane ihr die dehnbaren Leggings und das Höschen über die Hüften. Schweigend half er ihr, sich über seinen Schoß zu legen.

Laney baumelte hilflos über seinen harten Schenkeln. Ihre Fingerspitzen und Zehen streiften kaum den Teppich. Sie zuckte zusammen, als seine Hand über ihren entblößten Po strich.

„Littles treffen manchmal schlechte Entscheidungen. Es liegt in der Verantwortung ihres Daddys, ihnen zu helfen, in Zukunft bessere Entscheidungen zu treffen. Daddys wissen auch, dass Littles härter zu sich selbst sind als alle anderen, und dass sie diese Fehler wegwischen müssen. Ich versohle dir heute den Hintern, nicht aus Wut, sondern um dir zu helfen, weiterzumachen und dir zu verzeihen."

Er rieb ihr den Hintern, während sie über seine Worte nachdachte. Sie hatte sich nicht verzeihen können, dass sie zu dickköpfig gewesen war, um ihm zuzuhören. Jetzt, im Nachhinein betrachtet, hätte er zwei Minuten gebraucht, um alles klarzustellen. Stattdessen waren Anabel und Thomas quer durch das Land gereist, um die Sache zu bereinigen.

„Ich bin bereit, Daddy", flüsterte sie und spürte, wie ihr bereits die Tränen über die Wangen liefen. Laney erschauderte beim Geräusch der Schnalle, als er sie wieder aufhob.

„Zähle mit mir bis zehn, Laney", befahl er.

Wumm! Ein heißer Streifen brannte über ihrem Hintern und sie hörte, wie er „Eins" sagte. Schnell tat sie es ihrem Daddy gleich. Als sie sechs geschluchzt hatte, krümmte sich Laney auf seinem Schoß. Er hielt ihre Hände mit seiner linken fest, als sie instinktiv nach hinten griff, um ihn aufzuhalten.

„Nicht noch einmal, Daddy. Nicht noch mal!"

„Noch vier. Du schaffst das", versicherte er ihr, bevor er den Gürtel wieder gegen ihre Backen knallen ließ.

Die letzten drei Schläge ertrug sie unter heftigem Schluchzen und Strampeln. Laney brach über seinem Schoß zusammen, als sie „zehn" wiederholte. Sie hatte es geschafft.

Ohne ein Wort zu sagen, nahm Fane sie in seine Arme und hob Laney hoch, um sie an seine Brust zu drücken. Er stützte sie so, dass ihr bestrafter Hintern über seine Oberschenkel hinausragte. „Es ist alles vorbei. Du warst sehr tapfer. Daddy ist stolz auf dich."

„Ich bin auch stolz auf mich. Das hat wehgetan", gab sie zu und griff nach hinten, um ihren Hintern zu streicheln.

Seine Hand ergriff ihre beiden Hände und hielt sie an ihrer Taille fest. „Nicht anfassen."

Fane wiegte sie langsam und wischte ihr von Zeit zu Zeit über das Gesicht, während er ihr erlaubte, sich zu erholen. Als Laney ihren Kopf aus seiner Nackenbeuge zog, um zu ihm aufzublicken, lächelte er sie sanft an.

„Fühlst du dich besser?"

„Mein Herz schon. Mein Hintern wird Ihnen vielleicht nie verzeihen", gab sie zu.

„Damit kann ich leben. Ich werde deine untere Hälfte schon noch bezirzen." Fane zog seine Augenbrauen suggestiv hoch.

„Daddy!"

„Ja, Laney Girl. Ich habe vor, bis zu meinem letzten Atemzug dein Daddy zu sein. Mach es mir nur ein bisschen leichter, ja? Ich habe ein Dutzend Jahre Lebenszeit eingebüßt, als ich dachte, ich hätte dich verloren."

„Ich liebe Sie."

„Ich liebe dich auch, meine Kleine. Komm, wir lassen dir ein kaltes Bad ein, um deinen Po zu beruhigen."

„Danke, Daddy." Laney wusste, dass er sie nicht im Zorn versohlt hatte. Er hatte ihr Verhalten mit Liebe korrigiert. Die Strafe hatte unterstrichen, wie sehr er sich um sie sorgte. Wenn ihr Daddy sie nicht lieben würde, wäre es ihm egal, ob sie sich besann oder nicht. Ihr Hintern würde es ihr niemals erlauben, diese Lektion zu vergessen.

KAPITEL 18

D rei Monate später trug Laney ihre letzten Habseligkeiten in das Haus ihres Daddys. Sie hatte seit dem Tag, an dem sie und Fane das Problem mit dem rosa Umschlag gelöst hatten, nicht mehr in ihrer Wohnung geschlafen. Jetzt, im Rückblick, konnte Laney nur den Kopf schütteln über die Qualen, die sie durchgemacht hatte, nur weil sie Fane nicht erlaubt hatte, mit ihr zu sprechen.

Anabel und Thomas waren mittlerweile auch Freunde von ihr geworden. Die zwei Pärchen hatten jeweils ein langes Wochenende in ihren Städten verbracht. Es war offensichtlich, dass Anabel und Thomas einander sehr zugetan waren. Es gefiel ihr, zu sehen, wie ein Daddy und sein Little Girl eine dauerhafte Beziehung aufbauen konnten, die beiden Rückhalt gab.

„Ich denke, das ist soweit alles. Willst du noch einmal zurückgehen, um dich von deiner Wohnung zu verabschieden?", fragte Fane und ließ seine Schlüssel klimpern.

„Nein, Daddy. Ich glaube, ich habe mich schon vor ein paar Monaten von Turm B verabschiedet. Ich liebe es, hier mit dir zu leben", gestand sie.

„Und ich liebe es, dich hier zu haben. Komm, lass uns deine Sachen für große Mädchen in den großen Kleiderschrank hängen."

„Ich bin müde, Daddy. Können wir uns heute Abend entspannen und einen Film ansehen?"

„Ich denke, das ist ein perfekter Plan. Willst du einen Film aussuchen und ich hole uns etwas zu trinken?"

„Kann ich eine Schokomilch haben?", fragte Laney. Sie wusste, dass ihr Daddy ein paar Minuten brauchen würde, um den Schokosoße unterzurühren.

„Natürlich."

Laney sah zu, wie ihr Daddy in die Küche ging. Er sah von hinten genauso gut aus wie von vorne. Sie hoffte, dass sie es immer genießen würde, ihn zu beobachten.

Als Fane sich umdrehte und sie dabei erwischte, wie sie ihn anstarrte, zwinkerte er ihr zu und erinnerte sie: „Kleine, der Film."

Aufgeregt schnappte sich Laney die Fernbedienung und öffnete ihren abonnierten Streaming-Service, um einen Film auszusuchen. Sie wählte einen mit singenden Tieren in einem Gesangswettbewerb, vergewisserte sich, dass er startklar war und pausierte ihn, um auf ihren Daddy zu warten.

Als alles vorbereitet war, rief sie in die Küche: „Ich gehe vor dem Film aufs Töpfchen."

„Gute Idee! Ruf Daddy, wenn du Hilfe brauchst."

„Okay!" Laney rannte den Flur hinunter.

„Nicht rennen", flog ihr hinterher.

Kichernd ließ sie sich vor dem Schrank unter dem Waschbecken auf die Knie fallen. Sie griff nach den ordentlich gestapelten Handtüchern und fand eine Spraydose, die sie dort versteckt hatte, als ihr Daddy das letzte Mal außer Haus gewesen war. Es war schwierig gewesen, sie hineinzuschmuggeln, ohne dass er etwas davon bemerkte. Jetzt war sie bereit, ihrem Daddy zu zeigen, dass auch sie wusste, wie man richtig Spaß hat!

Schnell ging sie auf die Toilette und wartete dann im Bad. Laney wusste, dass er kommen und nach ihr sehen würde.

„Kleine? Geht es dir gut?" Fane's besorgte Stimme drang durch den Korridor.

„Daddy", keuchte sie und tat so, als könnte sie kaum antworten.

Sofort polterten schwere Schritte den Flur hinunter. Die Tür flog auf und Fane stürmte in den Raum. Sofort drückte Laney auf den Knopf des Sprays, das sie im Badezimmer versteckt hatte. Ein Strahl aus rosafarbenem, klebrigem Kunststoff flog aus der Dosendüse, um sich an ihrem Daddy festzusetzen.

„Was?", rief er aus, als die klebrige Substanz weiter auf ihn zusteuerte.

„Oh, du steckst in großen Schwierigkeiten, Kleine", drohte er. Fanes lachende Augen und sein Grinsen machten jede Sorge, dass sie zu weit gegangen war, zunichte. Er hielt die Hände wie einen Schild vor sein Gesicht und ging vorwärts, um seine Sicht freizuhalten, während Laney versuchte, seine Barriere zu durchbrechen.

Pffft! Laney schüttelte die Dose verzweifelt. *Nicht jetzt! Sie darf noch nicht alle sein!*

Mit einem letzten Ausbruch von Pink explodierte das letzte bisschen Druckluft aus der Sprühdose. Laney ließ sie auf den Boden fallen und versuchte, um ihren Daddy herumzuhuschen, während er versuchte, sich aus dem Netz der rosa Fäden zu befreien.

„Hab ich dich! Sieh nur, was du deinem Daddy angetan hast", lachte Fane und fasste sie um ihre Taille.

„Es geht alles wieder ab, Daddy", versprach Laney, während sie ihm ein paar Strähnen aus dem Haar zog.

„Du weißt schon, dass ich mich jetzt auch bewaffne und wir morgen ein Duell haben werden."

„Ein Duell?", fragte sie.

„Zehn Schritte und dann schießen, Kollegin", murmelte er und tippte an einen imaginären Cowboyhut.

Sie kicherte und nickte eifrig. „Ich mache Sie kalt, Daddy."

„Dann mache ich dich heiß!" Fane beugte sich hinunter, legte sich Laney über eine Schulter und trug sie durch das Haus.

„Daddy!" Laney lachte und hielt sich an seinem Gürtel fest, während sie auf seiner Schulter hin und her wippte.

„Laney!", äffte er sie nach, bevor er sie auf das Sofa fallen ließ. Eilig zog er sein T-Shirt aus und legte sich neben sie. Seine Hände strichen über ihren Körper, während sie sich unter ihm wand.

„Ich dachte, wir sehen uns einen Film an?", flüsterte sie zwischen den Küssen, mit denen er sie beglückte. Ihre Finger fuhren über das leuchtende neue Tattoo über seinem Herzen. Ihr Name, in schönen Schreibschriftbuchstaben geschrieben, fügte sich dauerhaft in die verschlungenen Verzierungen auf seiner Haut ein. Sie beugte sich vor, um das A in Laney zu küssen, das verdächtig nach einem Rolly Poly aussah, wohingegen das Y an Hasenohren erinnerte.

Fane umrahmte ihr Gesicht mit seinen Händen und knurrte: „Film, später. Laney, jetzt."

Ein Bild ihrer einsamen Wohnung tauchte in ihrem Kopf auf. Es schien eine Ewigkeit her zu sein, dass sie sich dort zu Hause gefühlt hatte. Ihre eindimensionale Welt war in bunte Farben getunkt worden. Als er ihr das Hemd auszog, wärmte sich Laney an dem Wissen, dass ihr Daddy auf sie aufpasste.

EPILOG

Sharon führte Roger zu seinem üblichen Stuhl auf der Terrasse. Seine schwankenden Schritte brauchten für diese kurze Distanz länger, als er noch vor wenigen Monaten für eine Meile gebraucht hätte. Sie ließ sich in ihren eigenen Stuhl fallen und blickte auf den See hinaus, der sie damals zum Kauf dieses Hauses veranlasst hatte.

„Roger, erinnern Sie sich noch daran, als wir das erste Mal hier draußen auf der Terrasse spazieren gegangen sind? Ich liebe diese Aussicht heute noch genauso wie damals", sagte Sharon.

„Sei nicht traurig, wenn ich nicht mehr da bin, Liebes. Niemand will so leben wie ich jetzt."

Sharon wirbelte herum, um seinem Blick zu begegnen. Rogers schöne blaue Augen schauten sie an, frei von dem Nebel, der sie normalerweise trübte. Seine Momente der Klarheit waren jetzt äußerst selten.

„Daddy", hauchte sie. „Bitte nicht ..."

„Ich liebe dich, Sharon. Vergiss das nicht. Vergiss all das hier. Lebe ein wunderbares Leben. Ich will..." Seine Stimme verstummte, als er sich umdrehte und auf das Wasser blickte.

„Daddy, was wollen Sie?" Sharon hielt den Atem an und wartete auf seine Antwort.

Lange Sekunden vergingen, während sie sich zwang, geduldig zu sein. Schließlich fragte sie: „Sieh mich an, mein Liebling!"

Als er nicht antwortete, stand Sharon auf und ging zu ihm. Sie stützte ihre Hände auf die Armlehnen seines Stuhls, lehnte sich dicht an ihn und erstarrte. Das Funkeln in seinen Augen war verschwunden, als wäre ein Licht hinter ihnen erloschen. Roger sah sie ausdruckslos an, bevor er sich leicht zur Seite neigte und in die Ferne blickte.

Er war entschwunden. Ihr bezaubernder Daddy war nicht mehr da.

Sie stand auf und hielt die Tränen zurück, bis sie sich in ihren Stuhl zurückfallen ließ. Sie trauerte um Roger und sich selbst und verfluchte das unerbittliche Fortschreiten der Krankheit, die sie des Daddys beraubte, der sie mit jeder Faser seines Seins geliebt hatte.

Sharon verdrängte ihre Sorgen über die kommenden Monate. Niemand hätte die zwei vor den Qualen dieser schrecklichen Krankheit bewahren können. Sie würde die Liebe, die sie über die Jahre mit ihrem Daddy geteilt hatte, in Ehren halten und sich nur mit Mühe an die schönsten Zeiten erinnern, wenn er nicht mehr da war. Was jetzt passieren würde, konnte sie sich nicht vorstellen.

Sharon drückte die Daumen und hoffte auf das Beste. Das war alles, was sie jetzt tun konnte.

Als ihr Handy surrte, zog sie es aus der Tasche und sah Knox' Namen auf dem Display. Sie las die Nachricht und lehnte sich entspannt gegen die Stuhllehne.

Brauchst du etwas? Ich bin im Laden.

„Knox. Er ist immer der Retter in der Not", sagte Sharon sich und spürte, wie die schwere Last auf ihren Schultern ein wenig nachgab.

Danke, dass Sie „Daddy passt auf dich auf" gelesen haben! Wie es mit Elaine weitergeht, erfahren Sie in Daddy's Saving. Daddy's Saving jetzt mit einem Klick lesen!
One-click Daddy's Saving now!

Werden Sie Mitglied meiner Facebook-Gruppe "The PEP Squad" für exklusive Verlosungen und Kostproben zukünftiger Bücher.

ÜBER DIE AUTORIN

Haben Sie jemals etwas wirklich Gewagtes getan? Genau das hat die USA Today-Bestsellerautorin Pepper North 2017 gemacht, als sie ein Buch auf Amazon zum Verkauf angeboten hat, ohne es vorher irgendjemandem zu sagen. Dank ihrer fantastischen Fans, der Unterstützung der Autor:innengemeinschaft, Mr. North und einem knallharten Zeitplan hat sie inzwischen mehr als 80 Bücher geschrieben!
Mögen Sie zeitgenössische, paranormale, dunkle und erotische Liebesromane, die sowohl süß als auch heiß sind? Pepper wird Sie zu einer oder einem ihrer treuen Leser:innen machen. Was steht zukünftig an? Noch mehr heiße Daddys!

Folgen Sie mir auf Ihrer Lieblingsplattform!
Auf TikTok gibt's mich auch zu sehen!

BUCHREIHEN VON PEPPER NORTH

Dr. Richard's Littles®

Eine beliebte Ageplay-Reihe, in der Littles ihre Daddys und Mommys
für immer finden. Dr. Richards begleitet und unterstützt sie in ihren
Bemühungen, ihre Littles glücklich und zufrieden zu erziehen.
Bei Amazon erhältlich
Dr. Richards' Littles®
ist ein eingetragenes Markenzeichen von
With A Wink Publishing, LLC.
Alle Rechte vorbehalten.

SANCTUM

Pepper North entführt Sie in eine Ageplay-Gemeinschaft,
die von der Außenwelt abgeschottet ist. Hier dürfen Littles klein sein
und Daddys können sich um ihre Littles kümmern und sie vor der
Außenwelt beschützen.

Bei Amazon erhältlich

Soldier Daddies
Auf welcher privaten Mission befinden sich diese Elitesoldaten? Sie alle sind auf der Suche nach ihrem perfekten Little.
Bei Amazon erhältlich

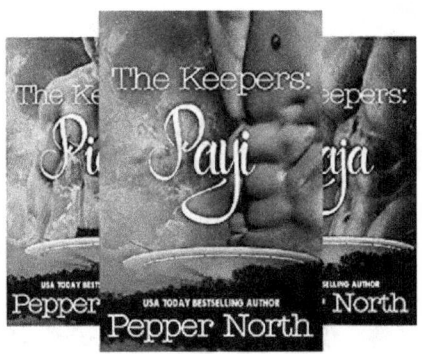

The Keepers

Diese Buchreihe von Pepper North ist eine Abwandlung von
zeitgenössischen Ageplay-Romanen. Sie handeln von Menschen, die
von speziell auserwählten Wächtern einer außerirdischen Spezies
umsorgt werden. Ageplay-Leser:innen werden diese Science-Fiction-
Romane lieben!
Bei Amazon erhältlich

The Magic of Twelve

Zwölf Frauen werden an ihrem 22. Geburtstag in ein neues Leben als Droblin (geliebtes Kleines) des Zauberers von Bairn entführt. Die Zauberer haben lange darauf gewartet, sich voll und ganz den Bedürfnissen ihrer Droblins zu widmen. Sie werden ihren Schützling bis zum letzten Tropfen ihrer Magie vor einer wachsenden Bedrohung schützen.

Jeder Roman ist eine eigenständige Geschichte.

Bei Amazon erhältlich

NACHWORT

Wenn Ihnen diese Geschichte gefallen hat, würde ich mich freuen, wenn Sie eine aufrichtige Empfehlung auf Amazon hinterlassen könnten. Bewertungen helfen anderen Menschen, meine Bücher zu finden und mir, weitere Little-Geschichten zu schreiben. Vielen Dank im Voraus. Ich freue mich immer, wenn ich von meinen Leser:innen höre, was ihnen gefällt und was nicht, wenn sie eine Liebesgeschichte der etwas anderen Art mit Ageplay lesen. Kontaktieren Sie mich auf meiner Pepper North FaceBook-Seite, auf meiner Website unter www.4peppernorth.club oder schreiben Sie mir an meine E-Mail-Adresse 4peppernorth@ gmail.com

Haben Sie Lust, mehr Geschichten über die Littles zu lesen?
Abonnieren Sie meinen Newsletter!
Subscribe to my newsletter!
Jede zweite Ausgabe enthält eine Kurzgeschichte und andere interessante Beiträge! Ich verspreche Ihnen, Ihren Posteingang nicht zu überschwemmen und Sie können sich jederzeit wieder abmelden. Als besonderen Clou schicke ich Ihnen eine kostenlose Sammlung von drei Kurzgeschichten, damit Sie mit dem Verschlingen der unterhaltsamen Littles-Aktivitäten loslegen können!
Hier ist der Link:
http://BookHip.com/FJBPQV

Folgen Sie mir auf BookBub für weitere Infos und frische Publikationen!